对联漫话

李 焱 ◎ 著

中国文史出版社

图书在版编目（CIP）数据

对联漫话／李焱著. -- 北京：中国文史出版社，
2023.2

ISBN 978-7-5205-3808-4

Ⅰ．①对… Ⅱ．①李… Ⅲ．①对联-文化研究-中国
Ⅳ．①I207.6

中国版本图书馆 CIP 数据核字（2022）第 185894 号

责任编辑：蔡晓欧

出版发行：**中国文史出版社**

社　　址：北京市海淀区西八里庄路 69 号院　　邮编：100142

电　　话：010-81136606　81136602　81136603（发行部）

传　　真：010-81136655

印　　装：廊坊市海涛印刷有限公司

经　　销：全国新华书店

开　　本：720×1020　1/16

印　　张：14.75　　字数：183 千字

版　　次：2023 年 2 月第 1 版

印　　次：2023 年 2 月第 1 次印刷

定　　价：49.80 元

目录

第一章　对联知识

一、对联最初是桃符

对联，也称楹联、楹帖、联语，俗称对子，是中国传统文学体裁之一。清代《楹联丛话》作者梁章钜云："楹联之兴，肇于五代之桃符。"那么，什么是桃符呢？

简单地说，桃符就是中国古人悬挂于门户上用来驱邪避鬼的桃木制的木板。相传，远古时沧海之中有座度朔山，山上有株大桃树，它的东北方向有扇鬼门，里面关押着世界上所有的鬼。负责看守鬼门的是神荼（音shēnshū）、郁垒（音yùlù）两位神仙，他们俩看到恶鬼，便用绳索绑之喂虎。由于鬼门在桃树下，人们认为桃木具有辟邪的功能，于是每到年底，人们纷纷在桃木板刻上神荼、郁垒的模样，"左神荼，右郁

桃符。右为"神荼"；左为"郁垒"

垒"悬挂于大门两侧,这种木板被称为"桃符"。

后来,人们干脆便将两位神仙的像画于桃木板上。东汉文学家蔡邕《独断》云:"故十二月岁竟,常以先腊之夜除之也。乃画荼、垒并悬苇索于门户,以御凶也。"可见,东汉时期中国人已经有了画门神的习俗。至于在桃符上写字的记载则出现在五代后蜀,这段历史与一副据说是中国最早的对联有关:

新年纳余庆;
嘉节号长春。

此联为后蜀主孟昶所作。后蜀亡国前一年,孟昶命学士幸寅逊为其寝宫门板上的桃符题写新词。幸寅逊搜肠刮肚写出一副,但孟昶非常不满意。于是他自己动笔,写下此联。谁知孟昶一语成谶,第二年宋灭后蜀,宋太祖赵匡胤派吕余庆接掌成都(后蜀都城),应验了上联的"纳余庆"。赵匡胤的生日是宋朝的长春节,而孟昶降宋之日,正是宋太祖的诞辰日,下联的"长春"也不幸言中。由于有了"余庆""长春"之说,这副中国第一联就更加神秘了。

当然,这副"第一联"的地位也常常遭到挑战。谭嗣同在《石菊影庐笔识》中考证南朝梁代文学家刘孝绰和其妹刘令娴的联语早于孟昶至少400年。梁代刘孝绰罢官不出,自题门曰:"闭门罢庆吊,高卧谢公卿。"刘令娴对曰:"落花扫仍合,丛兰摘复生。"谭嗣同说:"此虽是诗,而语皆对仗,又题于门,自为联语。"

虽然学界对"第一联"的归属尚有争论,但推广对联第一人,大家却有共识——他就是"对联天子"明太祖朱元璋。

根据明代陈云瞻《簪云楼杂话》记载:"春联之设,自明太祖始。"朱元璋建都南京后,有一年除夕突下圣旨,要求"公卿士庶家,须加春联一副"。还要求春联必须写在红纸上,并贴在大门外,违命者问罪。圣旨下发后，朱元璋不放心，便偷偷来到民间微服私访。他看到南京城里到处贴着喜庆的大红纸春联，非常高兴。突然，他发现有一家门上光秃秃的，啥也没有。朱元璋很生气，命人进去询问。原来此处居住着一家屠户，屠户不认识字，已经花钱请了写字先生，可是先生今天太忙，还没写到他家呢。朱元璋闻听，脸色由怒转喜，说："我给你写一副吧，不要钱。"屠户一听，忙说："那太好了。可我没有纸墨笔砚啊。"朱元璋笑着说："别急，我都带着呢。"随从忙铺上红纸，研好墨汁。朱元璋提笔写道：

> 双手劈开生死路；
> 一刀割断是非根。

写完，朱元璋带着随从走了。第二天，朱元璋又到屠户家，看到大门外还是光秃秃的，非常生气，命人将屠户抓出来审问。原来朱元璋走后，邻居们都说此人气场太强，穿戴非常人可比，与传说中的太祖模样相似，怕就是当今天子。屠户一听春联是朱元璋所书，心想这春联得值多少头猪啊，可不能贴出去，就将对联恭敬地摆放在祖宗神位前，并摆上供果、猪头，燃香供在家中。朱元璋听罢屠户解释，大喜，命赏银三十两。从此每逢春节，张贴大红纸对联成为一种习俗。这副对联后来就成了屠宰业的首选门联。

自古上行下效，正是朱元璋的大力推广，明代得以出现不少对联大家，其中属解缙最为著名，笔者在后文会经常提起他。他的名联"墙上芦苇，头重脚轻根底浅；山间竹笋，嘴尖皮厚腹中空"不仅脍炙人口，而且还被毛泽东在其名篇《改造我们的学习》中引用。

有清一代，对联更得到长足发展。清代对联发展的盛况，得益于清朝历代皇帝对这种文学形式的热爱。清代皇室对联，在康雍乾时期达到顶峰，尤其是乾隆皇帝的作品更是不可胜数。晚清时期，慈禧太后和光绪皇帝等也曾留下不少联迹。由于皇室的推崇,文人学者也乐此不疲。清代文人除创作出大量优秀楹联外,还专心于对联的整理编辑工作,尤以梁章钜、梁恭辰父子编纂的《楹联丛话》《楹联续话》《楹联三话》《楹联四话》《巧对续录》为著名。此外曾国藩的《求阙斋联语》、左宗棠的《盾墨余沈》、俞樾的《楹联录存》等著作,都是研究楹联学的宝贵资料。

对联起源于东汉桃符,普及于明朝,鼎盛于清代。对联兴起后,人们还总结出大量与其有关的规则,开发出不少新的对联种类。下面,笔者就对联的上下区分、张贴方法、诵读技巧、欣赏窍门等方面,一一阐述。

二、上联下联好区分

对联有三部分:上联、下联、横批。一般来说,上联和下联即可组成一副完整的对联,横批不是必需的。对联是大众喜闻乐见、司空见惯的文学体裁,但是问到如何区分上下联,很多人却无法给出准确的答案。

区别上联与下联需记住四个字:仄起平收,即上联尾字为仄声起;下联尾字为平声收。仄声字,简而言之,即普通话的上声、去声,也就是3声和4声。平声字,即普通话的阴平、阳平,也就是1声和2声。比如春联:

梅开盛世;
雪兆丰年。

"世"是普通话去声字,则此句为上联;"年"是普通话阴平字，则此句为下联。再比如：

枝头喜鹊唱新曲；
雪里梅花报早春。

"曲"是普通话3声（上声）字，则此句是上联；"春"是普通话1声（阴平）字，则此句为下联。记住"仄起平收"四个字，我们就能区分上下联，但这个方法遇到古人作的对联，有时候就不灵了，比如明代楹联大家徐渭除夕自题门联：

且将酩酊酬佳节；
未有涓埃答圣朝。

上联"节"是普通话2声（阳平）字，按照我们的"仄起平收"方法，此句应该为下联，这里为什么用为上联呢？这里就需简单说说古代汉语与现代汉语在"四声"上的区别。

古代汉语四声为平、上、去、入。按照《佩文韵府》，"平"即平声；"上、去、入"为仄声。元时，古汉语的入声分化到阴平、阳平、上声、去声四个声调当中。现代汉语的普通话四声，取消了入声字，将一部分入声字归入阴平、阳平、上声、去声四声当中，这样，就造成用"仄起平收"方法在判断古人对联时有时会出现错误。这样的字有很多，常用的有：

现在读阴平声的古入声字：八、答、大、发、鸭、钵、戌、泼、说、鳌、接、阙、缺、贴、歇、约、曰、失、湿、织、滴、积、迹、激、绩、屐、七、漆、惜、夕、悉、淅、皙、腊、壹、忽、淑、屋、屈、曲等；

现在读阳平声的古入声字：拔、伐、滑、夹、侠、杂、扎、白、百、夺、铎、国、酌、茁、昨、盒、涸、阖、宅、辄、别、牒、蝶、结、杰、节、协、碣、石、食、十、植、吉、革、福、拂、习、被、笛、竹等；

古汉语入声字今读平声：啊、帛、薄、别、插、姐、嫡、额、发、佛、福、鹄、鸽、阁、盍、吉、疾、姑、菊、珏、爵、哭、勒、七、染、曲、杀、塞、芍、什、淑、夕、袭、匣、穴、压、鸭、约、闸、摘、泽、哲、妯、竹、竺、烛等。

这里仅列出部分常用字。据统计，现在读平声古时读仄声的字，大约1000个。数字中，除三、十、千外，其他古音都读仄声。了解这些，我们就知道判断现代汉语对联的上下联时，可以用"仄起平收"这个标准；判断古代汉语对联的上下联时，应该先了解尾字的古读音，以免弄巧成拙。比如例联上联的尾字"节"，按现代汉语为阳平音，但在古代汉语里却是入声字（仄声），所以"且将酩酊酬佳节"确为上联。如果我们教条地套用"仄起平收"这个标准，则会错误百出。

我们已经知道如何区分上下联了，那如何张贴呢？

北京颐和园养云轩正门。横额"川泳云飞"，上联"天外是银河烟波宛转"；下联"云中开翠幄香雨霏微"

简单地说，上联贴于门左，下联贴于门右。桃符时期，贴在门上的是门神。神仙的左手方向为上、为大、为尊，当然是用来贴上联的地方。假设某人正面对着贴着对联的大门，那么，他的右手边就是上联，左手则是下联。这种贴法也体现出中国传统文化中"以左为上，以左为大，以左为尊"的特点。那么，如果加上横批后，对联怎么贴呢？横批从左往右读，又怎么贴呢？

很简单，一句话，牢记"以左为上"，上联永远贴于门左，即某人面对大门时，他的右手边。桃符时期，并没有横批，所以对联贴法形成于前，横批出现在后，对联的贴法不受横批左右。再者，横批也非一副完整对联的必要因素，没有它，对联依然成立。

三、上联下联等字数

按照上下联字数合计算，已知中国字数最少的对联为2字联；字数最多的是1612字联。对联并没有总字数限制，不过需要注意的是，每副对联上联和下联的字数必须相等。之所以有这样的要求，是与对联的写作方法息息相关的。

我们已经知道对联的形式来源于桃符，那么它的写作方法从何而来呢？它来自格律诗的对偶句。对偶就是对仗，别称对章。对偶要求诗歌的上下两句在句式、词性、词义、平仄上须一一对应。对偶句在唐代得到长足发展，其五言律诗和七言律诗的对偶表现非常完美。笔者以张九龄五律《望月怀远》为例，简要说明律诗与对联的关系。

> 海上生明月，天涯共此时。（首联）
> 情人怨遥夜，竟夕起相思。（颔联）

灭烛怜光满，披衣觉露滋。（颈联）

不堪盈手赠，还寝梦佳期。（结联）

律诗中，1、2句为首联；3、4句为颔联；5、6句为颈联；7、8句为结联，也称尾联。一般来说，将其中颔联和颈联单独摘出，就是两副对联。

律诗有五言、七言，对联虽脱胎于律诗，却富有很多变化。从字数上讲，除五字、七字联外，常用的还有四字、六字、八字、九字联。至于一字、二字的短联也非鲜见。

一字联，也称一言联，即上下联各有一字。例如：

墨；

泉。

在一字联中，此联堪称杰作。分析此联，须用拆字法。上联"墨"为上下结构，上为"黑"，下为"土"；下联"泉"同样也是上下结构，上为"白"，下为"水"。上联"黑土"对下联"白水"，非常工整，无可挑剔。

色难；

容易。

二字联的典范当推"色难"联。对联天子朱元璋读《论语·为政》，其中有："子夏问孝，子曰：'色难。'"正巧楹联大师解缙入朝叩见，朱元璋便以"色难"为上联，请解缙对出下联。解缙张口就说："容易。"朱元璋就问："爱卿说容易，你倒是说出下联啊。"解缙道："启禀皇上，臣的容易就是下联。"朱元璋一听，恍然大悟，拍案叫绝。原来"色"指脸色，"难"是困难，这里指不给好脸，带着怨气孝顺父母。解缙的下联"容易"与上联不仅对仗工整，而且幽默风趣，难怪朱元璋拍案叫绝。

独角兽；

比目鱼。

此联是鲁迅先生少年时代的作品。鲁迅少年时求学于绍兴三味书屋，师从寿镜吾先生。一天，寿镜吾出"独角兽"上联，请学生们对出下联。有同学对"两头蛇"，有同学对"八脚虫"，还有人对"九头鸟"。鲁迅经过短暂思考，对"比目鱼"，获得寿镜吾称赞。独角兽即麒麟，乃天上神物；比目鱼即鲽鱼，是海中珍品。此对上下工整，凸显少年鲁迅的才华。

了解过短联，现在说说长联。多少字算长联呢？周渊龙在《古今长联辑注》中介绍："一般以60字以上者称为长联，约定俗成而已。"可见，60字以上的对联才可以称作是长联。由于篇幅增加，长联的内容更加丰富、细致甚至面面俱到。同时，也因为篇幅增加，使写作难度加倍，谋篇布局、遣词造句都更费心思。不过，长联对读者来说却增加了品味空间，也可以让读者更好地体会联中的景、物、人、事。晚清文学家、楹联大师俞樾作过一副60字的自挽长联：

生无补于时，死无关乎数，辛辛苦苦，著二百五十余卷书，流播四方，是亦足矣！

仰不愧于天，俯不怍于人，浩浩荡荡，数半生三十多年事，放怀一笑，吾其归呼！

此联是俞樾中年作品，当时他已完成250余卷的书。到其去世时，俞樾文章倍增，共著书500余卷，编成《春在堂全书》，可见其勤奋。今天，在苏州城的俞樾故居里，依然可以感受到扑面而来的文化气

苏州俞樾故居书房

息。故居里有很多附近的退休老人在喝茶、打牌、聊天，非常惬意。笔者常想：俞樾先生生前如果也如此自在惬意大把消费时光，今天的我们就绝对没有机会仰视他的等身之作了。

俞樾的这副对联只是长联中的"小"字辈。清末四川才子钟云舫擅作长联，有一年他遭诬陷入冤狱，在狱中第一天就挥笔完成《题四川江津临江城楼联》，不计算序言，共计1612字，成为有记载的中国古代最长对联。

由于对联无字数限制，所以长联的纪录很容易就被刷新。2012年，贵州三穗县童伟经过16年努力，创作出一副32628字的长联，歌颂祖国的大好河山。2012年5月，经中国吉尼斯纪录河南洛阳总部认证，确认该联为"世界第一长联"。

四、对联读法有讲究

一副优秀的对联，不仅要对仗工整、用词美妙，而且读起来还要有节奏感、起伏感、顿挫感。这里，笔者以五言和七言对联为例，谈谈对联怎么读才能读出味道。

五言对联即五字联，按对联内容分，共有五种读法：一四法；二三法；三二法；二一二法；四一法。下面笔者依次介绍此五种读法。

一四法。五言联的第一字先读，其余四字连读。如：

> 鸿是江边鸟；
>
> 蚕为天下虫。

此联为明代翰林杨一清所作。读法是"鸿，是江边鸟；蚕，为天下虫"。学会了读，还要学会欣赏。此联是一副拆字联，上联"江边鸟"即"鸿"字；下联"天下虫"即"蚕"字。知晓联中奥秘，再读此联会不会觉得更美？

二三法。五言联的前二字先读，后三字连读，这也是最常见的五言联读法之一。如：

> 君子多乎哉？
>
> 小人樊须也。

此联为苏东坡所作。读法是"君子，多乎哉？小人，樊须也。"秦少游见东坡满脸胡须，随口出了上联："君子多乎哉？"上联出自

《论语·子罕》："君子多乎哉？不多也。"乎与胡须的胡同音，秦少游想用上联与东坡开个玩笑。苏东坡一听少游在取笑自己，又见他的胡须比自己还多，就张口对："小人樊须也！"东坡的下联同样出自《论语》，《子路篇》里有"小人哉，樊须也"之句。樊须与繁须同音，东坡一张口便占尽上风，也尽显了自己的幽默。

三二法。五言联的前三字先读，后二字连读。如：

> 大泽龙方蛰；
> 中原鹿正肥。

此为牛金星赠李自成联。读法是"大泽龙，方蛰；中原鹿，正肥。"上联"大泽"是陈胜吴广起义之地，胜利后，陈胜建立张楚政权，成为"大泽龙"。牛金星用"大泽龙"比喻李自成，鼓励李称王建立政权。下联"中原鹿"出自成语"逐鹿中原"，牛金星希望李自成挺进中原，夺取天下。

二一二法。五言联前二字先读，次读第三字，最后连读二字。如：

> 生死一知己；
> 存亡两妇人。

此为韩信墓碑联。读法为"生死，一，知己；存亡，两，妇人。"韩信一生之荣辱是"成也萧何败也萧何"，萧何是他的知己，也是杀他的帮凶。下联"两妇人"，一为"饭信十日"的漂母；二为设计杀害韩信的吕后。韩信一生最重要的经历，尽在此联中。

四一法。五言联前四字连读，再读最后一字。如：

春种百花艳；

秋收五谷香。

　　此联是民间春联。读法为"春种百花，艳；秋收五谷，香"。此联对仗非常工整，文字上"春对秋""种对收""百对五""花对谷""艳对香"，音韵上平仄也非常准确。如果您说不对啊，"春对秋"是"平对平"；"百对五"是"仄对仄"，怎能说是准确呢？首先，恭喜您能看出问题，其次，您读完第五节后自然就会有答案了。

　　七言联有六种读法，即一六法；二五法；三四法；四三法；五二法；二二三法。

　　一六法。读法为先读第一字，然后连读后六字。如：

谁为袖手旁观客；

我亦逢场作戏人。

　　此联为四川某地戏园联。读法为"谁，为袖手旁观客；我，亦逢场作戏人。"上联写观众，下联说演员。用袖手旁观的观众来对逢场作戏的演员，把戏园内的两类人淋漓尽致地表现了出来。

　　二五法。读法为先读前二字，然后连读后五字。如：

同穴未谋夫子面；

盖棺犹是女儿身。

　　此为清代烈女联。读法为"同穴，未谋夫子面；盖棺，犹是女儿身"。清代男女订婚后，如果男方暴死，女方自杀殉夫，则会被表彰为烈女，一般会将二人合葬。此对联说的就是这样的人间悲剧。

　　三四法。先读前三字，后四字连读。如：

香汤里有沉浮客；

水池中多健康人。

　　此联为浴池专用。读法为"香汤里，有沉浮客；水池中，多健康人"。过去，浴池中一般有四个池子，分别是温、热、烫、汤。"汤"池里的水温最高。下联形容人们常洗澡，讲卫生，就会百病不侵，身体康健。

　　四三法。读法为先读前四字，后三字连读。如：

闲人免进贤人进；

盗者莫来道者来。

　　此联为居家门联。读法为"闲人免进，贤人进；盗者莫来，道者来"。居家过日子图的就是安静和安全，闲人来，浪费时间；盗者来，遭受损失，这两样都是主人不愿见的。

　　五二法。读法为前五字连读，再读后二字。如：

曹公教弩台尚在；

吴主飞骑桥难寻。

　　此联题于安徽合肥明教寺。读法为"曹公教弩台，尚在；吴主飞骑桥，难寻"。教弩台是曹魏时期建设的一座军事堡垒，高五米，面积近4000平方米。南朝在此建铁佛寺，明朝易寺名为明教寺。联语出自唐代诗人吴资诗云："曹公教弩台，今为比丘寺。东门小河桥，曾飞吴主骑。"下联指东吴孙权趁曹操征讨汉中张鲁之机，率兵十万，攻打合肥，不想被曹操大将张辽败于逍遥津。逍遥津即今天的逍遥津公园，也就是教弩台的原址。

安徽合肥明教寺

二二三法。读法为先读前二字，次读第三四字，最后读后三字。如：

> 常德德山山有德；
>
> 长沙沙水水无沙。

此为长沙回龙山白沙井题联。读法为"常德，德山，山有德；长沙，沙水，水无沙"。常德附近有德山，传说尧帝的老师善卷隐居在此。尧到德山，欲将天下禅让给善卷，但遭到拒绝，所以说"山有德"。白沙井虽名白沙，但水质清澈无杂质，更无沙粒，所以称"水无沙"。需要注意的是，上联尾字"德"为古入声字，此联也是古联，故上联是正确的。

五、对联欣赏有妙招

一副对联的优劣要如何判断呢？笔者前面介绍的"仄起平收"就是一个很好的方法，也是一个最简单的方法。为什么这么说呢？因为笔者在不同场合、不同媒体上，看到很多对联都会违反"仄起平收"规则，这是个低级错误，但却很常见。掌握了这个"绝招"，如果下次您也看到这样的错误，便可以当众指出来，并自信地说："对联的尾字需要仄起平收。"

一副对联的尾字符合"仄起平收"的规范，只能算是及格。如果要达到良好，还要使用"内容平仄法"来判断。内容平仄法，即利用上下联平仄相对的规则来判断一副对联是否符合写作规范。笔者以五言联和七言联为例，来讲解如何正确使用"内容平仄法"。

五言联有"平起式"和"仄起式"两种对联开头方法。所谓"平起式"即上联的第一字和第二字为阴平或阳平音，上联句式为：平平平仄仄；下联句式为：仄仄仄平平。如：

> 虚心成大器；
>
> 劲节见奇才。

此联题于某眼镜店。此联即为标准的平起式五言联，它的特点是平仄相对，非常工整。古语"一三不论，二四分明"，因此，平起式五言联还有变形。所谓"一三不论"，是指五言联中的第一字和第三字，可以不必拘泥于平声字的要求，即平声字和仄声字均可用于平起式五言联的第一字位和第三字位。"二四分明"，是指五言联的第二字和第四字一定要遵循平起式五言联的规范，即第二字用平声字，第四字用仄声字。经过变形的平起式五言联，要以第二字的声韵来判断。如：

纵谈中外事；

洞彻古今情。

此联为报社用联。上联的声韵为"仄平平仄仄"，下联为"仄仄仄平平"。这就是经过变形的平起式五言联，从上联第二字的声韵，我们可以判断这副对联是平起式五言联。

"仄起式"五言联，顾名思义，其第一字和第二字为上声或去声。上联句式为：仄仄平平仄；下联句式为：平平仄仄平。如：

影动半轮月；

香生一握风。

此联为折扇店门联，是标准的仄起式五言联。依据"一三不论，二四分明"的规范，按上联第二字的声韵判断对联为仄起式。再如：

枝蔓皆成器；

方圆却任心。

此联为藤器店门联。上联的声韵为"平仄平平仄"，下联为"平平仄仄平"。这就是变形后的仄起式五言联，判断标准依然以上联的第二字声韵为准。了解了这一规则，第四节中"春种百花艳；秋收五谷香"联，便可判断为仄起式五言联，而且上下联的"春对秋"和"百对五"，符合"一三不论，二四分明"的规范。

同五言联一样，七言联也分平起式和仄起式两种。平起式七言联上联的第一、二字为平声字，其句式为"平平仄仄平平仄"，下联的句式为"仄仄平平仄仄平"。如：

能于细处求精确；

惯用时间较短长。

此联为钟表店门联，是标准的平起式七言联。它对仗工整、语言节奏感强。七言联也有变形，它遵循的规范是"一、三、五不论，二、四、六分明"。即七言联中的第一、三、五字不必拘于字的声韵，但第二、四、六字必须严格依照规定的声韵用字。上联第二字为平声字，对联即为平起式七言联。再如：

万千星斗心胸里；

十二时辰手腕间。

此联是钟表店门联，也是一副变形的平起式七言联。上联句式变形为"仄平平仄平平仄"；下联变形为"平仄平平仄仄平"。由于是变形的七言联，通过判断上联第二字，知道此联为平起式七言联。

仄起式七言联上联的第一、二字均为仄声字。其上联句式为：仄仄平平平仄仄；下联句式为：平平仄仄仄平平。如：

玉露磨来浓雾起；

银笺染处淡云生。

此联是纸张店门联，是标准的仄起式七言联。它的变形也依照"一、三、五不论，二、四、六分明"的规范。上联第二字为仄声字的即为仄起式七言联。再如：

薄煮红桃千朵艳；

芳倾绛雪一瓯香。

此联为粥店门联，是变形的仄起式七言联。其上联句式为"平仄平平平仄仄"；下联为"平平仄仄平平平"。上联第一字为平声字；下联第五字为平声字。虽然与标准仄起式七言联的句式相比有了两处改动，但按照"一、三、五不论，二、四、六分明"的规范，以及第二字为仄声字等因素判断，此联为仄起式七言联。

北京南锣鼓巷某理发店对联："进门来长发罗汉；出店去光面菩萨。"

说了这么多，您一定发现了"内容平仄法"的捷径。没错，就是不理会单数位的字，只看偶数位的字。因为平起式五言联上联的偶数位字的声韵一定是平仄，下联是仄平；仄起式五言联上联的偶数位字的声韵一定是仄平，下联是平仄。平起式七言联上联的偶数位字声韵一定是平仄平，下联是仄平仄；仄起式七言联上联的偶数位字声韵一定是仄平仄，下联是平仄平。如：

> 天长落日远；
> 意重泰山轻。

此联上联的偶数位字声韵为平仄，下联为仄平，同时尾字符合"仄起平收"的规范，我们可以判断此联为平起式五言联。如果再看单数位的字，我们发现它还是一副标准的平起式五言联。又如：

> 风暖日华丽；
> 气澄天宇高。

此联上联的偶数位字声韵为仄平，下联为平仄，同时尾字符合"仄起平收"的规范，我们可以判断此联为仄起式五言联。如果再看单数位的字，我们知道这是一副变形的仄起式五言联。七言联也是这样判断。如：

> 家居绿水青山畔；
> 人在春风和气中。

此联上联的偶数位字声韵为"平仄平"，下联为"仄平仄"，同时尾字符合"仄起平收"规范，我们知道这是一副平起式七言联。由于下联第一字和第五字为平声字，所以此联为变形的平起式七言联。又如：

> 好月当楼惟近盏；
> 清言对客总如兰。

此联上联偶数位字声韵为"仄平仄"，下联为"平仄平"，同时符合尾字"仄起平收"的规范，我们知道这是一副仄起式七言联。此联单数位字声韵完全符合规范，是一副标准的仄起式七言联。

　　行文至此，笔者恰好从报上看到一副春联：

　　　　满纸云泥封福瑞；
　　　　九州风雨送祉祥。

　　此联尾字"仄起平收"，但是其上联偶数字为"仄平平"，下联为"平仄仄"，不符合仄起式七言联"二、四、六分明"的要求，所以此联只能算是及格的对联。

　　掌握了这些知识，即使我们还不会作对联，但起码可以"挑剔"别人的作品，顺便"显摆"一下自己的学问，不也是一件乐事吗？当然，对联是中国文化的瑰宝，了解它、学会它、使用它、欣赏它，作为龙的传人，不更是一件乐事吗？

第二章　帝后手笔

一、明太祖朱元璋联

佳水佳山佳风佳月，千秋佳地；

痴声痴色痴梦痴情，几辈痴人。

此联题于南京秦淮河风月亭。明初，南京是全国政治、经济中心，城市非常繁华，秦淮河更是繁华的中心。为锦上添花，朱元璋下令教坊司在武定桥设立富乐院——明政府的官办妓院，并且在秦淮河上燃放万盏水灯，夜色中，照得河流光彩明亮。每到夜晚，京中王族高官、文人骚客纷纷来此纵情欢乐，享受风月。朱元璋耳闻目睹此情此景，龙颜大悦，欣然作此联为盛世颂歌。

生于沛，学于泗，长于濠，风郡昔钟天子气；

始为僧，继为王，终为帝，龙兴今仰圣人容。

此联题于安徽凤阳县龙兴寺。朱元璋16岁时，家乡遭遇瘟疫，亲人相继感染身亡。为糊口，他来到皇觉寺当了一名沙弥。初来乍到的他只能干些扫地刷碗之类的粗活。但由于他勤劳肯干，很快便赢得方丈好感。可惜，天灾接踵而至，皇觉寺也入不敷出，无法维持正常生活。方丈无奈，只得将包括朱元璋在内的小沙弥打发出去。朱元璋没有抱怨，反而利用这个机会锻炼了自己，为以后的戎马生活打下基础。

朱元璋称帝后，念念不忘自己曾经生活过的寺庙，命人花巨资重新扩建，并赐名"龙兴寺"。龙兴寺建成后，朱元璋除题赠此联外，还亲撰《龙兴寺碑碑文》，并赐字"天下第一山"。

世事如棋，一着争来千古业；
柔情似水，几时流尽六朝春。

此联题于南京莫愁湖胜棋楼。胜棋楼，位于南京莫愁湖公园内，始建于明洪武初年，是朱元璋与明朝开国大将军徐达弈棋的地方。徐达是围棋高手，满朝之内无人能够胜他。朱元璋也酷爱围棋，经常找徐达下棋，每次都赢。朱元璋知道徐达有意让棋，便命令徐达使出全部棋艺，不要在乎君臣名分。徐达哪敢赢皇帝，但又怕朱元璋怪罪自己，遂心生一计。这一盘，两人杀得难解难分，朱元璋眼看自己胜利在望，非常高兴，问："徐爱卿，这盘你以为如何？"徐达见朱元璋高兴，手落一子，道："请万岁纵观全局。"朱元璋起身一看，见棋盘赫然出现"万岁"二字，非常高兴，便将胜棋楼和整个莫愁湖花园赐给了徐达。徐达不仅棋艺高超，而且骁勇善战，朱元璋赞其为"万里长城"。徐死后，获封中山王。

破虏平蛮，功贯古今人第一；
出将入相，才兼文武世无双。

此为朱元璋赠与徐达的对联。上联"破虏平蛮"是指徐达以征虏大将军之衔率军北伐元军，攻克元大都，逼走元顺帝，灭亡元朝。明洪武

南京莫愁湖胜棋楼对联"石城对弈；钟阜开基"。此联为中国当代著名女书法家萧娴先生所作。可惜，公园管理方将上联和下联贴反了

元年，徐达率兵出潼关，进剿元将扩廓贴木儿，大败之，擒郊王彻彻秃、济王朵列纳、元文武官员、士兵八万余人，为明朝的奠基和稳定做出巨大贡献。下联"出将入相"指明朝成立后，徐达转做文职工作，累官中书右丞相，封魏国公，所以朱元璋赞其"才兼文武世无双"。

四壁云山九江棹；

一亭烟雨万壑松。

此联题于江西庐山锦绣峰御碑亭。御碑亭，建于明洪武二十六年（1393），是朱元璋为纪念周颠仙人所建。周颠，姓周，南昌人，因其长相怪异，口中常胡言乱语，人称"周颠"。朱元璋打到南昌，周颠在路上见朱元璋就拜。朱元璋回南京，他也跟着到了南京。一天，周颠见到朱元璋，就说："告太平。"从此，每次见到朱元璋都是这句话。朱元璋觉得他无理取闹，就命人将周颠放入缸中，上面扣盖，底下用柴火蒸。柴火燃尽，朱元璋以为周颠已死。谁知打开缸盖，周颠竟然自己从里面跳了出来，只是头上冒点汗而已。朱元璋大奇，这才知道周颠不是凡人。自此每次出兵打仗都带着他，请他出谋划策、占卜吉凶。可奇怪的是，朱元璋称帝后，周颠却再也没有出现过。

朱元璋坐天下26年后，仍对周颠心存感激。于是命令立石碑，建碑亭，并亲撰《祭天眼尊者、周颠人、徐道人、赤脚僧文》及两首诗刻于碑后。碑正面镌刻朱元璋亲撰《周颠仙人传》。此碑亭为石质，但外形却采用木质建筑的飞檐式，非常特别。御碑亭正面两侧边缘有石刻楹联"故从此处寻踪迹，更有何人告太平"。正面两侧楹联为"四壁云山九江棹，一亭烟雨万壑松"。

江西庐山锦绣峰御碑亭

二、清圣祖康熙帝联

以仁义为巢，凤仪阿阁；
与天人合机，象拱宸居。

此联题于北京紫禁城太极殿。太极殿属内廷西六宫之一，是明清后妃居住之所。太极殿原名未央宫，建于明永乐十八年（1420）。因嘉靖皇帝生父诞生于此，故于嘉靖十四年（1535）更名为启祥宫。清代改名太极殿。

上联"凤仪阿阁"指凤凰来此，筑巢于殿阁之上。下联"象拱宸居"典故出自晋成帝时期，临邑王献宝象一只，懂人言，知道向皇帝跪拜，引申为四方来朝。"宸居"指帝王居住之所。

干羽两阶崇礼乐，
车书万里集冠裳。

此联题于北京中南海紫光阁。紫光阁，建于明代正德年间，起初为跑马射箭之地。清代，紫光阁为皇帝殿试武进士和检阅侍卫武臣箭法之所。康熙皇帝曾作《紫光阁阅射诗》，中有"队引花间入，镳分柳外催"之句。如今，紫光阁是国家领导人接见贵宾之所。

上联"干羽"指舞者所持舞具，文舞执羽，即雉羽；武舞执干，即盾牌。下联"车书"出自《礼记·中庸》："今天下车同轨，书同文。"指车乘轨辙相同、书牍文字相同，代指天下一统。晚清黄遵宪《送宾户玑公使之燕京》诗："唐宋时遣使，车书万里同。"意思是：唐宋时期，中国向外派遣使节，即使万里之外，车轨和文字都是相同的。

庆云宿飞栋；
喜树罗青墀。

此联题于北京潭柘寺旃檀佛楼。"先有潭柘寺，后有北京城"，潭柘寺位于北京门头沟区东南部的潭柘山麓，始建于西晋永嘉元年（307）。1697年，康熙皇帝二度光临潭柘寺，赐名"敕建岫云禅寺"，该寺从此成为北京最大的一座皇家寺院。

北京潭柘寺

潭柘寺天王殿左侧有梨树院，院内建筑以旃檀佛楼为中心。佛楼为二层明清风格建筑，坐北朝南，供奉外国名贵檀香木雕刻的释迦牟尼佛像。康熙皇帝曾题前联于此处。

康熙皇帝此联系改作，原作出自唐代诗人储光羲《望幸亭》："庆云宿飞栋，嘉树罗青墀。"上联"庆云"为五色云。《列子·汤问》："庆云浮，甘露降。"庆云指吉祥、喜庆之气。"飞栋"指高耸的屋梁。下联"青墀"指宫殿前的青色台阶，泛指宫殿。

康熙皇帝另有一联题于旃檀佛楼，联曰："经声夜息闻天语，炉气晨飘接御香。"此联系引用唐代诗人沈佺期诗《红楼院应制》，全诗为："红楼疑见白毫光，寺逼宸居福盛唐。支遁爱山情谩切，昙摩泛海路空长。经声夜息闻天语，炉气晨飘接御香。谁道此中难可到，自怜深院得徊翔。"

僧归夜船月；
龙出晓堂云。

此联题于江苏镇江金山寺文殊殿。金山寺，位于镇江西北，始建于东晋年间，是一座充满传奇和传说的江南古刹。1687年，康熙皇帝南巡至金山寺，见金山四面环水，连天接江，龙心大悦，赐名"江天禅寺"，此名沿用至今，但民间仍称"金山寺"。

康熙皇帝此联出自唐代诗人张祜的五律《题润州金山寺》："一宿金山寺，超然离世群。僧归夜船月，龙出晓堂云。树色中流见，钟声两岸闻。翻思在朝市，终日醉醺醺。"润州，即今镇江。

康熙皇帝题金山寺御书楼联为："能使无风浪，常存得静安。"题七峰亭联是："溪云初起日沉阁，山雨欲来风满楼。"此联出自晚唐诗人许浑七律《咸阳城东楼》，全诗为："一上高楼万里愁，蒹葭杨柳似汀洲。溪云初起日沉阁，山雨欲来风满楼。鸟下绿芜秦苑夕，蝉鸣黄叶汉宫秋。行人莫问当年事，故国东来渭水流。"

云从高处望；
琴向静中弹。

此联题于北京宣武门天主教堂。宣武门天主教堂，俗称南堂，初由传教士利玛窦建于明万历三十三年（1605），是一座规模较小的经堂。1650年，经德国神父汤若望扩建，成为北京第一座大教堂。南堂命运多舛，先是汤若望下狱，教堂被毁；重修后又遇火灾；义和团时再被毁。1902年，第三次重建，目前是全国重点文物保护单位。

　　康熙皇帝此联改自朱庆余《和刘补阙秋园寓兴之十首》中"云从高处望，琴爱静时弹"。南堂还有一副康熙皇帝御赐联："无始无终，先作形声真主宰；宣仁宣义，聿昭拯济大权衡。"横批是"万有真原"。

自有山川开北极；

天然风景胜西湖。

　　此联题于河北承德避暑山庄水芳岩秀。避暑山庄有七十二景，其中康熙三十六景，乾隆三十六景。康熙三十六景之五就是水芳岩秀，即如意洲后殿。康熙皇帝赞此地曰："水清则芳，山静则秀。"乾隆皇帝因母亲在此居住，为祝母亲长寿，又赐名"乐寿堂"。

禅心澄水月；

法鼓聚鱼龙。

承德避暑山庄乐寿堂

此联题于江苏扬州天宁寺。天宁寺是清代扬州八大名刹之首，相传曾为谢安别墅。天宁寺始建年代不详，据说尼泊尔高僧佛驮跋陀罗曾于公元418年在此译出《华严经》六十卷。康熙皇帝南巡曾六次驻跸扬州，赐天宁寺匾额四块、楹联两副。匾额为"皓月禅心""寄怀兰竹""般若妙源""净因"。康熙皇帝御赐的第二副对联是："珠林春日永，碧溆好风多。"

古桧荫垂苔磴润；
瑞莲香袭镜池清。

此联题于江苏苏州云岩寺禅堂。云岩寺，位于苏州虎丘，原名虎丘寺。北宋太宗至道年间（995—997）重建后，改名为"云岩禅寺"。1707年，康熙皇帝钦赐云岩寺"虎阜禅寺"匾额。该寺历史上曾七次遭劫，屡毁屡建。太平天国起义期间，虎丘曾筑军事阵地，致使云岩寺遭到极大破坏。除云岩塔（虎丘塔）及断梁殿外，其他古建筑均被摧毁。

上联"桧"指桧树，这是一种原产于中国的常绿乔木，高可达二十米，寿命长达数百年。下联"池"是云岩寺的剑池，其石壁上的篆体"剑池"二字相传为王羲之所书。

到处花为雨；
行时林出泉。

此联题于四川峨眉山报国寺。报国寺，原名会宗堂，建于明万历年间，原址在伏虎寺右侧。清初顺治九年（1652）迁至现址重修。1703年，康熙皇帝御赐"报国寺"匾额，该寺就此易名。报国寺是峨眉山最大的寺庙，也是峨眉山佛教协会所在地。

章岩月朗中天镜；

石井波分太极泉。

此联题于江西铅山县鹅湖书院御书楼。鹅湖书院位于武夷支脉的鹅湖山麓，有朱熹、吕祖谦、陆九渊、陆九龄等名士参加的著名的"鹅湖之会"就在这里。宋时，名"文宗书院"；元时，为"会元堂"；明代，始定名"鹅湖书院"。鹅湖书院在康熙年间进行过大规模扩建重修，院内有御书楼，门额为康熙皇帝亲题的"穷理居敬"。两旁即为是联。

上联"章岩"指江东信州章岩洞，朱熹曾经讲学之所。下联"石井"位于铅山县老县城永平镇北，泉水清澈，此处为朱熹去临安、婺源等地的必经之路。康熙皇帝以此赞美朱熹在理学方面的成就。

三、清世宗雍正帝联

惟以一人治天下；

岂能天下奉一人。

此联题于北京故宫弘德殿。弘德殿，原名雍素殿，位于乾清宫西，始建于明代。明万历十三年（1585），改名弘德殿，为皇帝召见臣工之所。清顺治十四年（1657），祭告先师孔子于此。康熙皇帝于此听讲四书五经、谈论吏治、吟咏诗赋。同治皇帝曾在此读书。

此联出自大理寺官员张蕴古上唐太宗《大宝箴》书："圣人受命拯溺，亨屯归罪于己，因心于民，大明无私照，至公无私亲，故以一人治天下，不以天下奉一人。"雍正皇帝稍作改动，做成此联。同样的联还有一副悬挂于养心殿西暖阁。

花气合炉香馥郁；

天光共湖影空明。

　　此联题于北京十方普觉寺正殿。十方普觉寺，又称卧佛寺，位于海淀区香山寿安山南麓，始建于唐代贞观年间。清雍正十二年（1734）重修，改名为十方普觉寺。寺内有卧佛殿，供铜铸卧佛像，重达25吨，是中国现存最大铜制卧佛像。

鹫岭云闲，空界自呈清净色；

龙潭月皎，圆光长现妙明心。

　　此联题于北京潭柘寺大雄宝殿。上联"鹫岭"指佛寺。苏东坡《海会殿上梁文》："庶几鹫岭之雄，岂特鹅湖之冠。"苏轼描绘的是广东惠州永福寺海会殿之景。下联"龙潭"指潭柘寺寺后龙潭。"圆光"指菩萨头顶上的圆轮金光。"现妙明心"是指看到美好的事物可以净化开朗人们的心境。雍和宫雍和门殿内有"现妙明心"匾额，为乾隆皇帝御笔。

圆机风与溪相答；

妙义人同石共谈。

　　此联题于杭州灵隐寺冷泉亭。冷泉亭位于灵隐寺山门之左，是历代文人骚客流连忘返之地。白居易在《宿灵隐寺》中有"在郡六百日，入山十二回"之语。苏轼更言"在郡依前六百日，山中不记几回来"。

　　上联"圆机"为佛教语，指可以悟得佛果的根机，犹指超脱凡尘，不为外物牵挂。下联"妙义"指微妙的义理。

浙江杭州灵隐寺冷泉亭

四、清高宗乾隆帝联

龙德正中天，四海雍熙符广运；

凤城回北斗，万邦和协颂平章。

此联题于北京紫禁城太和殿。太和殿，俗称金銮殿，始建于明永乐十八年（1420），为故宫内最大的宫殿。上联"龙德"指天子之德；"广运"古时认为"东西为广，南北为运"，这里代指领土面积。下联"凤城"指京城、首都。相传秦穆公之女弄玉，吹箫引凤，凤落京城，后来称京城为凤城。"平章"出自《尚书·尧典》："九族既睦，平章百姓。"平章原意为处理百姓事务，宋代设同平章军国事一职，地位在宰相之上，故平章引申为处理国事、治理国家的能力。

怀抱观古今；

深心托豪素。

　　此联题于北京紫禁城三希堂。三希堂，原名"温室"，位于养心殿西暖阁。这里是乾隆皇帝读书的地方。三希，即"士希贤，贤希圣，圣希天"，与其名字相配的，是这里存有三件稀世珍宝：王羲之的《快雪时晴帖》、王献之的《中秋帖》和王珣的《伯远帖》。上联出自南朝谢灵运的《斋中读书诗》："卧疾丰暇豫，翰墨时间作。怀抱观古今，寝食展戏谑。"下联出自南朝宋颜延的《五君咏·向常侍·颜延之》："向秀甘淡薄，深心托豪素。"意思是向秀本质淡泊宁静，情志却非常高远。

　　需要注意的是，三希堂内的这副对联并不符合"仄起平收"的规定。是乾隆皇帝的对联本身错了，还是后人将其挂反了？此问题

北京故宫三希堂

尚无定论。

> 仁寿握乾符，万国车书会极；
> 中和绵鼎箓，九天日月齐光。

此联题于北京紫禁城中和殿。中和殿，原名华盖殿，位于太和殿北，是故宫三大殿之一，始建于明永乐十八年（1420）。清顺治二年（1645），易名中和殿。皇帝在太和殿举行典礼时，先在中和殿休息，接受官员的跪拜礼，阅览祝词奏章。

上联"乾符"指帝王受命于天的吉祥征兆。下联"鼎"为立国重器，政权象征；"箓"是帝王独有的天赐符命之书，统治天下的凭证。"九天"即天的最高处——九重天；"日月齐光"象征与太阳、月亮一样光明。

> 凝鼎命而当阳，圣箓同符日月；
> 握乾枢以御极，泰阶共仰星云。

此联题于北京紫禁城保和殿。保和殿，原名谨身殿，始建于明永乐十八年（1420），位于中和殿后，顺治二年（1645）易名保和殿。明代册封皇后、太子时，皇帝在此受贺。清代皇帝在此设宴招待外藩、王公大臣。殿试亦在此举行。

上联"凝鼎"指将权力集于皇帝一人。下联"乾枢"指皇权和朝廷重大事务；"御极"指皇帝统治一切；"泰阶"是主天下太平的星座。

> 旭日射铜龙，上阳春晓；
> 和风翔飞燕，中禁花浓。

此联题于北京紫禁城养心殿。养心殿位于乾清宫西侧，建于明嘉靖年间。顺治皇帝病逝于养心殿后，康熙皇帝将此殿赐给造办处使用。雍正继位后，移居养心殿，从此这里成为清代皇帝的寝宫，先后有八位皇帝居住于此。

上联"上阳"指上阳城，即西周初年姬姓封国虢国的都城，这里代指北京。下联"中禁"指禁中，是皇帝居住之地。

> 日月轮高，晒七宝城如依舍卫；
> 金银界净，涌千华相正现优昙。

此联题于北京北海大悲真如宝殿。北海九龙壁东侧有天王殿，殿

北京北海大悲真如殿正门，两侧对联为"龙象护庄严满多宝藏；人天洽欢喜遍恒河沙"

内中院正殿即大悲真如宝殿。该殿始建于明代，为金丝楠木结构，未施彩绘。殿门悬"华藏恒春"匾额，殿内供奉三座丈高铜佛，中为释迦牟尼佛，左为阿弥陀佛，右为药师佛，后悬"恒河演乘"匾额。两侧联为："无住荫慈云，葱岭祇林开法界；真常扬慧日，鹫峰鹿苑在当前。"

上联"七宝城"是佛教中的假想城，一个位于西方极乐世界的边缘国；"舍卫"即舍卫大城，是佛祖乞讨的地方。下联"优昙"即优昙婆罗花，传说三千年开一次，非常难遇。信佛之人常用不见优昙比喻难遇佛陀。

> 五明招得薰风奏；
> 七宝修成璧月清。

此联题于北京北海延南薰亭。此亭位于北海琼岛假山上，以扇面形状著名。上联"五明"即帝王专用的五明扇，传说为舜帝发明制作。下联"七宝"为佛教用语，即七种珍宝，但说法不一。《法华经》七宝：金、银、琉璃、砗磲、玛瑙、真珠、玫瑰；《无量寿经》七宝：金、银、琉璃、珊瑚、琥珀、砗磲、玛瑙；《大阿弥陀经》七宝：黄金、白银、水晶、琉璃、珊瑚、琥珀、砗磲；《恒水经》七宝：白银、黄金、珊瑚、白珠、砗磲、明月珠、摩尼珠。

> 乐在人和，肯寄高闲规宋殿；
> 寿同民庆，为申尊养托潘园。

此联题于北京颐和园乐寿堂。乐寿堂，建于乾隆十五年（1750），面朝昆明湖，背依万寿山。1860年被毁，1887年重修，是慈禧太后在颐和园的寝宫和办公地。堂前有码头，慈禧太后坐船可直达。上联"宋殿"即南宋德寿宫。下联"潘园"为明代南京豫园。

法界示能仁，福资万有；

净因积广慧，妙证三摩。

　　此联题于北京雍和宫天王殿。雍和宫建于康熙三十三年
（1694），是皇四子雍亲王胤禛（雍正皇帝）的府邸。雍正皇帝的四
子弘历（乾隆皇帝）诞生于此。雍和宫作为"龙潜福地"，前后有两
位皇帝在此居住，其重要性无与伦比。乾隆九年（1744），乾隆皇帝
将其改为喇嘛庙，自此雍和宫成为全国规格最高的佛教寺院。雍和
门，作用比肩汉传佛教寺院的天王殿，上悬乾隆皇帝手书"雍和门"
匾额。殿内供奉弥勒菩萨塑像，两侧是泥金彩塑四大天王像。弥勒菩

北京雍和宫天王殿

萨后面，高悬"现妙明心"匾额，两侧对联为："法镜交光，六根成慧日；牟尼真净，十地起祥云。"以上均为乾隆皇帝御笔。

上联"法镜交光"是佛教语，喻为佛法如镜子一样光亮，能够照透万物；"六根"指眼、耳、鼻、舌、身、意，亦作六情；"成慧日"出自《法华经》"慧日破诸暗"，意为佛的光辉能破无明生死痴暗。

下联"牟尼"指通达内外而修心之圣者或仙人；"真净"指真实、清净的信仰心；"十地"指菩萨修行的十个阶位，各宗对此解释不同，如华严十地为：欢喜地、离垢地、发光地、焰慧地、极难胜地、现前地、远行地、不动地、善慧地、法云地。

> 神圣相承，恍睹开国宏猷，一心一德；
> 子孙是守，长怀绍庭永祚，卜世卜年。

此联题于沈阳故宫大政殿。大政殿，俗称八角殿，原名笃恭殿，始建于1625年，为清太宗皇太极举行重大典礼及国事活动的场所。1644年，顺治皇帝在此登基。

下联"绍庭"指接续、继续朝廷。"永祚"是永远流传的意思；"卜世"指占卜预测传国的世数；"卜年"指占卜预测国家统治的年数。《左传·宣公三年》："成王

沈阳故宫大政殿

定鼎于郏鄏（jiárǔ），卜世三十，卜年七百，天所命也。"郏鄏即周朝的东都，今河南洛阳。这句话的意思是：周成王定都于洛阳，占卜国运，得出可以传三十世，共七百年的天命。

> 古今并入含茹，万象沧溟探大本；
> 礼乐仰承基绪，三江天汉导洪澜。

此联题于沈阳故宫文溯阁。1772年，乾隆皇帝设立"四库文书馆"，广征天下图书，分经、史、子、集四部，称为《四库全书》。为保存这些图书，乾隆皇帝命造南北七阁，即南三阁：文宗阁、文汇阁、文澜阁；北四阁：文渊阁、文溯阁、文源阁、文津阁，其中文溯阁建于沈阳故宫。文溯阁为二层三楼建筑，后面有仰熙斋作为乾隆皇帝东巡盛京时的读书之所。1783年，乾隆皇帝以73岁高龄第四次东巡时，题赐此联。

上联"含茹"出自唐代诗人皇甫湜《韩文公墓铭》中"茹古涵今，无有端涯"之句，指文溯阁的藏书涵盖古往今来之作；"沧溟"指天下；"大本"是事物的根本、基础。

下联"基绪"指基业；"三江"有多指，这里应指东北平原的鸭绿江、松花江、黑龙江。意思是三江之地曾在中国掀起巨浪，推翻明朝。

此联横批为"圣海沿回"。这副对联的南侧，还有一副乾隆皇帝御题联："古鉴今以垂模，敦化川流区脉络；本绍闻为典学，心传道法验权舆。"

> 尊王言必称尧舜，
> 忧世心同切禹颜。

此联题于山东邹县孟庙。孟庙位于山东邹县城南，是祭祀孟子的

山东邹县孟庙亚圣殿

庙宇，始建于1037年。孟庙原在孟子墓前，1121年，迁至孟府西侧。自古孔孟并称，孔子为圣人，孟子是亚圣。孟庙的中心有亚圣殿，门楣上有乾隆皇帝御书"道阐尼山"匾额，两侧金柱悬前联。

上联"尧舜"指尧帝、舜帝。下联"禹"是禹帝；"颜"是孔子弟子，即有七十二贤之首之称的颜回。颜回（前521—前481），字子渊，以舜帝的"无为而治"为志向，受到后世尊崇。唐太宗李世民尊颜回为"先师"；明嘉靖帝封其为"复圣"，山东曲阜建有"复圣庙"。

琳宇近神畿，慈云广荫；

法筵传古迹，宝月常新。

此联题于天津蓟县独乐寺观音殿。蓟县，古称渔阳、蓟州，位于京津之间。独乐寺位于县城西大街，始建于唐贞观十年（636），为中国现存三大辽代寺院之一，匾额"独乐寺"三字为明朝大学士严嵩手书。寺内有观音殿，殿上高悬"观音之阁"匾额，此匾为唐代诗仙李白手书，"阁"字下面有两个小字"太白"。门楣上悬咸丰皇帝御书"具足圆成"匾额，两侧门柱上悬挂前联。

上联"琳宇"意为殿宇宫观，这里指观音殿；"神畿"指神京之畿，即京畿；"慈云"指佛之仁慈如天上之云覆盖众生。下联"法筵"指佛法集会；"宝月"指月亮。

> 福溥人天，阿耨耆阇开紫塞；
> 妙涵空有，栴檀薝葡拥金绳。

此联题于河北承德普宁寺大雄宝殿。普宁寺，俗称大佛寺，建于1775年，为乾隆时期修建的第一座寺庙，亦是一座汉藏结合的寺庙，以供奉世界最大千手千眼木雕佛像闻名于世。寺内主体建筑是大雄宝殿，建筑式样为双层歇山式，也称"九脊十龙"殿，内供纵三世佛即前世燃灯佛、现世释迦牟尼佛、未来弥勒佛和十八罗汉。

上联"溥"意为广大；"阿耨"为微小之物，今意为原子；"耆阇"为梵语"耆阇崛山"，也作灵鹫山，释迦牟尼说法之地；"紫塞"指长城，晋代崔豹《古今注·都邑》："秦筑长城，土色皆紫，汉塞亦然，故称紫塞焉。"意思是秦代造长城用紫色土，汉代也用，故称长城为紫塞。

下联"妙涵空有"指佛法包括一切；"栴檀"指檀香；"薝葡"是花中十友之禅友，宋代所称的薝葡已经汉化为栀子花；"金绳"为离垢国用以分别界限的金质绳索。

> 天半插浮屠，宫殿金银三界上；
> 云中现忉利，楼台丹碧六朝前。

此联题于南京大报恩寺。大报恩寺，建于公元240年，原名长干寺，为"江南佛寺之始"。明永乐十年（1412），朱棣为纪念生母，按皇宫标准重修该寺，其中琉璃宝塔被称为"天下第一塔"，也被誉为"中世纪世界七大奇迹"，与古罗马斗兽场齐名。不幸的是，1856年，琉璃宝塔毁于太平天国一役。

上联"浮屠"是佛教语，指佛塔；"三界"是佛教用语，指众生轮回的欲界、色界和无色界。下联"忉利"即忉利天，指天堂；"六朝"指"六朝古都"南京，三国时期吴国、东晋、南北朝宋、齐、梁、陈，共六个朝代在南京建都。

山削双清，玉坞潜光高士卧；

潮来一碧，金澜对峙化人居。

此联题于江苏镇江定慧寺枕江阁。定慧寺，原名普济寺、焦山寺，始建于东汉兴平年间（汉献帝刘协统治期间）。镇江有焦山，又称双峰山，定慧寺即建于此山南麓。1937年，日军轰炸镇江焦山，定慧寺中鹤寿堂、枕江阁、伊楼悉数被毁。

上联"高士"指焦光。焦光，字孝然，东汉隐士，居住在镇江。相传他三拒汉灵帝做官之请，隐居焦山，见人不语，冬夏裸身，数日一食，活了一百多岁。

五、清慈禧皇太后联

风雨和甘调六幕；

星云景庆映三阶。

此联题于北京紫禁城长春宫。长春宫，建于明永乐十八年（1420），是内廷西六宫之一。内设地屏宝座，上悬乾隆皇帝御笔"敬修内则"匾额。慈禧太后曾居于此，并在长春宫庆贺四旬大寿。东配殿绥寿殿，门楣上悬慈禧太后钦题"膺天庆"匾额；西配殿承禧殿"绥万邦"匾额亦是慈禧太后所题。

北京故宫长春宫

上联"六幕"出自《汉书·礼乐志》："专精厉意逝九阂，纷云六幕浮大海。"六幕，指天地四方。下联"三阶"出自《管子·君臣上》："立三阶之上。"唐代学者、教育家尹知章解释："君之路寝前有三阶。"意思是皇帝的卧室正厅前有三层台阶。

百福屏开，九天凝瑞霭；

五云景丽，万象入春台。

此联题于北京紫禁城储秀宫。储秀宫，故宫西六宫之一，建于明永乐十八年（1420）。前殿悬挂乾隆皇帝御笔"茂修内治"匾额。

慈禧太后曾在此居住，并生下儿子载淳（同治皇帝）。慈禧太后50岁后，从长春宫移回储秀宫居住。

上联"百福"指多福，出自《诗·大雅·假乐》："干禄百福，子孙千亿。""九天"指天之最高处，即九重天。

下联"五云"指五色祥云，吉利之兆。《南齐书·乐志》："圣祖降，五云集。"这里指皇帝居住之地；"万象"指春日登临览胜之处。

密荫千章，此地只疑黄岳近；

祥雯五色，其光上与紫霄齐。

此联题于北京颐和园景福阁。景福阁，原为昙花阁，光绪年间重修易名。景福阁位于万寿山东部山顶，慈禧太后曾在此赏月。

上联"千章"指千棵大树，《史记·货殖列传》："水居千石鱼陂，山居千章之材。""黄岳"指黄山、泰山。

下联"雯"指云彩；"紫霄"指高空，南朝宋鲍照《登大雷岸与妹书》："左右青霭，表里紫霄。"

山水协清音，龙会八风，凤调九奏；

宫商谐法曲，象德流韵，燕乐养和。

此联题于北京颐和园德和园大戏楼一层。大戏楼，建于1891年，上下三层，名为福禄寿。慈禧太后经常在此观戏，最多一年看40天的戏。一层匾额为"欢胪荣曝"，意为欢乐演出，荣耀献艺。二层匾额"承平豫泰"，楹联为"七政衍玑衡珠联璧合；四时调律吕玉洁金和"。三层匾额"庆演昌辰"，楹联为"八方开域皆为寿；兆姓登台总是春"。一至三层楹联皆为慈禧太后所题。

上联"八风"指八音，《左传·襄公二十九年》："五声和，

北京颐和园德和园大戏楼

八风平。"八音指金、石、丝、竹、匏、土、革、木;"九奏"指九曲,古代行礼奏乐九曲。

下联"宫商"为中国古代五音宫商角徵羽之宫音和商音;"法曲"是古代用于佛教法会的乐曲,唐代诗人白居易《江南遇天宝乐叟》:"能弹琵琶与法曲,多在华清随至尊。""象德"指象征德行的古代乐曲,《元史·礼乐志二》:"俱有《咸》《云》之号,《茎》《英》《章》《韶》以象德。""燕乐"是一曲古乐,是祭祀燕享之乐。

松栋焕云彩,瑞图丽景;

蓬壶开日月,仁镜长年。

此联题于北京中南海怀仁堂。怀仁堂原为仪銮殿,建于清光绪年间。慈禧太后囚禁光绪皇帝后,在此训政,仪銮殿成为中国政治中心。1900年毁于八国联军之手。次年重建，易名佛照楼。袁世凯任中华民国大总统后，更名为怀仁堂。

上联"松栋"即松栋云牖，指宽大华美的屋宇；"瑞图"指受命于上天的图籍，杜甫《凤凰台》有"自天衔瑞图，飞下十二楼"之句。

下联"蓬壶"即蓬莱，古代传说海中有三座仙山：方丈、蓬莱、瀛洲；"仁镜"是道教术语。道家认为上苍有天心圣镜，冥府有地心孽镜，人间有良心仁镜。良心仁镜是通过对人们进行三纲、五常、五伦、四维、八德的教育和教化而获得的。

六、清德宗光绪帝联

青琐朗星光，尘澄六幕；
紫渊回斗极，瑞辑三阶。

此联题于北京颐和园排云门。排云门位于颐和园长廊中心点，是长廊景物的东西分界线。两侧有铜狮一对、排衙石（十二生肖石）十二块。门前有临湖码头，是慈禧太后放生处。排云门匾额为"万象光昭"。

上联"青琐"亦作青锁、青璅，指装饰皇宫门窗的青色连环花纹，代指宫廷；"尘澄六幕"意为天下四方一尘不染，洁净安宁。

下联"紫渊"是古河流名，《山海经》："紫渊水出根耆之山。""斗极"本意为北斗星和北极星，这里指帝王；"瑞辑三阶"意为祥瑞聚合在帝王寝宫。

通过排云门新旧照片的对比，我们发现它们的楹联完全不同，这是怎么一回事呢？据新浪微博的"颐和吴老"推断："'文革'初

北京颐和园排云门外景。图中后联为光绪皇帝题联。前联为"复旦引星辰珠联璧合；顺时调律吕玉节金和"

北京颐和园排云门外景（最新）。图中后联为上图前面对联。本图前联为"迎辇花红星云争烂漫；当阶草碧风雨协和甘"

北京颐和园排云门外景（清末）。图中后联为48页上图前面对联。本图前联为
"阊阖九天开花迎彩□；云霞双开丽月暎朝曦"

北京颐和园排云门外景（民国）。图中对联与48页下图相同

期，颐和园牌匾楹联全部摘除，'文革'后复位时出错。前几年发现民国时期老照片，又进行了调整，所以现在的楹联实际就是依据民国时期老照片悬挂的。但是现在又发现了光绪时期慈禧太后在排云门前合影的老照片，又一次证明了民国时期此副楹联就悬挂错了。但是慈禧时期的另外一副楹联没有悬挂在他处，已经不见了踪影。"

由于无法找到慈禧太后身后的那副对联，所以只好根据民国时期的照片"将错就错"地悬挂现有的对联。正因如此，如今的排云门外已经见不到光绪皇帝的这副对联了。

> 绿槐楼阁山蝉响，
> 青草池塘彩燕飞。

此联题于北京颐和园玉澜堂。玉澜堂位于颐和园昆明湖畔，建于1750年。此堂为三合院建筑，坐北朝南，最早是乾隆皇帝的书房。嘉庆皇帝曾在此办公、用膳、会见大臣。这里还是光绪皇帝的寝宫，也是他的幽禁之地。玉澜堂明间宝座上方，有慈禧太后御笔"复殿留景"匾额。匾额上刻有三方红色印玺，中间是"慈禧皇太后御笔之宝"，左为"数点梅花天地心"，右是"和平仁厚与天地同意"。

> 绕砌苔痕初染碧，
> 隔帘花气静闻香。

此联题于北京颐和园宜芸馆。宜芸馆位于玉澜堂后，建于1750年，原为藏书之所。《续博物志》云："芸香辟纸鱼蠹，故藏书台称芸台。"意思是芸是一种防书蛀虫的香草。1860年，宜芸馆被毁。光绪年间重修，用作光绪皇帝的隆裕皇后之寝宫。

据说光绪皇帝被幽禁后，与隆裕很难见上一面，百般相思，作成此联。有趣的是，此联还被民间评为史上最相思的对联。不过，历史事实却非如此。隆裕太后，姓叶赫那拉氏，是慈禧太后亲弟弟都统桂祥之女。光绪皇帝被幽禁期间，隆裕作为慈禧太后亲侄女和光绪皇帝的丈夫，往来于两端，传递信息，她与光绪皇帝是经常见面的。

　　此联描写的是春天宜芸馆的景色，看到的是初见绿色的苔痕，闻着初开的花香或是隆裕皇后的胭脂香，分明是一种小资情调，哪有相思之苦？

第三章　名人名对

一、解春雨与朱元璋

解缙（1369—1415），字大绅，号春雨，江西吉水人。他是明代著名学问家，曾主持撰修《永乐大典》。他还是一位楹联大家，其巧对妙思可谓天赋，自幼便显现出来了。

一天，少年解缙在河里洗澡，与伙伴嬉戏。这时，县太爷坐轿下乡路过河边，见一群孩子天真玩闹，不禁童心大发。他看到挂在岸边树上的衣服，有了主意，对河里的孩子们喊道："孩子们，我出个对子，你们中有一人能对出来，我就把衣服还给你们。不然，我就把它们拿走了。"县太爷边伴命手下拿走衣服，边指着挂衣服的大树说：

"千年老树为衣架。"

孩子们都知道解缙善对，于是纷纷看着他。县太爷看到孩子们的眼睛都看着解缙，知道这孩子一定有些门道，便指着解缙说："你来试试。"解缙冲县太爷一笑，指着河水说：

"万里长江作浴盆。"

县太爷听罢，连连点头，赞叹不停，就命手下将衣服挂回到大树上。

解家乃书香门第。解缙祖父解子元曾任太史院校书郎、东莞县尹；父亲解开拒授官职，一心著述；母亲高妙莹通书史，晓音律；长兄解纶是进士出身（与解缙同科），曾任监察御史、应天府教授。出生在这样的书香之家，解缙的心中很早就有

解缙像

"唯有读书高"的潜意识，对街坊邻居中的商贾之家自然有些轻视。有一年春节，少年解缙提笔写了副春联贴在大门外：

门对千竿竹；
家藏万卷书。

对门住着一户巨贾，看到解家贴出这个春联，知道是在讽刺自己，但也无可奈何。因为那时商人的社会地位确实比读书人低，何况解家还有人在朝中做官。既然不能得罪，那就自己想办法解决吧。于是，巨贾命家人将院子里的数千竹子悉数砍去。可是，没过多久，家人来报，解家的春联加了两个字，改为：

门对千竿竹短；
家藏万卷书长。

巨贾大窘，忙命家人将竹根挖出，竹林顷刻变平地。不料，家人再报，解家春联改为：

> 门对千竿竹短无；
> 家藏万卷书长有。

这种名人逸事真假难辨，就当笑话听吧。不然较起真来，解缙无缘由地穷追猛打地讽刺邻居，倒让今天的人费解——人家种竹子招你惹你了？说到竹子，解缙有一副对联可以说是神来之笔，就连毛泽东在《改造我们的学习》中都曾引用过，它就是：

> 墙上芦苇，头重脚轻根底浅；
> 山间竹笋，嘴尖皮厚腹中空。

解缙如此有才学，又出生读书世家，自然要努力博取功名。20岁时，他来到南京参加科举会试。顺利入围后，获得殿试机会。明太祖朱元璋非常喜欢对联，听说解缙善于此道，就钦点其入宫。解缙入宫跪见朱元璋，朱元璋就说："宫中有戏台一座，朕出上联，你对下联。"朱元璋的上联是：

> 尧舜净，汤武生，桓文丑旦，古今来几多角色；

解缙一听朱元璋这是用舞台上"生旦净丑"这些角色入联，立即就地取材，用戏台灯光、化妆油彩、鼓乐器材，对出下联：

> 日月灯，云霞彩，风雷鼓板，宇宙间一场大戏。

朱元璋闻听大喜，于是接着解缙的"日月"又出一上联：

日在东，月在西，天生成"明"字；

解缙听到国号"明"都用在上联了，那就顺情说好话讨个吉利吧，于是对出下联：

子在右，女在左，世配定"好"人。

朱元璋听着过瘾，龙颜大悦，任解缙为监察御史。明成祖永乐年间，解缙晋任翰林学士兼左春坊大学士，当时皇帝的诏书，都是他一手经办的。解缙书法为永乐之冠，尤以狂草见长，有《自书诗卷》《书唐人诗》传世。

二、曾国藩与何廉昉

提起曾国藩这个名字，人们立即就会想到湖南，想到湘军，想到两江总督，想到直隶总督；甚至想到理学家、文学家、湘乡派、武英殿大学士。可是这位中国近代史最传奇的人物还有另一个身份——楹联大家。

《曾国藩全集·联语》中收录了他创作的40副楹联，其中有为各类建筑撰写的题联，有为同僚等助兴的赠联，有为亲友哀悼的挽联。我们不妨从他的《赠扬州何廉昉》一联开始，走进曾国藩的联语世界。

《赠扬州何廉昉》中的何廉昉，也做何莲舫，本名何栻（1816—1873），清道光二十一年（1841），任内阁中书。清道光二十五年乙巳（1845）会试恩科第二甲进士出身，赏分部学习，就是留其在北京做官。谁知三年后，即道光二十八年（1848），何杺因"误入禁门"被降一级使用。咸丰六年（1856），41岁的他出京任江西建昌知府。不料半年后建昌遭遇农民起义，何杺的妻子薛氏和三个女儿不幸惨死，一家人只剩下他和小女儿两人。雪上加霜的是，建昌城被陷，何杺的乌纱帽也无法再戴下去了，人生陷入最低谷。不过，世事往往否极泰来。这时，他得到了曾国藩的赏识，入其幕府。同治元年（1862），在曾的帮助下，何杺任职吉安知府。不久去官经商，涉足盐业，经过几年努力，竟然成为巨富。1867年，何杺在扬州东圈门买下一处宅邸，经过重修重建，成为直到今天仍赫赫有名的壶园（瓠园）。

扬州壶园曾国藩题联

壶园建成后不久，正赶上曾国藩下扬州，何杺便邀请曾来家中做客。席间，何请曾为自己的新宅题联。曾国藩结合何杺的人生轨迹，略一思考，写下上联：

千顷太湖，鸥与陶朱同泛宅；

　　何栻听到曾国藩将自己比作范蠡，非常高兴。范蠡辅佐越王勾践灭吴成就霸业后，知道难与越王同安乐，就弃官一路来到齐国经商，并与海鸥为伴。积累千万家产后，受到齐王赏识，任为相国。干了三年，散财辞官，两手空空来到陶（今山东定陶）。经过几年努力，范蠡再次成为巨富，遂自号陶朱公。范蠡，即陶朱公是当地人民信奉的财神，也是中国儒商的鼻祖。上联有了，下联呢？

　　曾国藩夹了一口蟹粉狮子头，突然想起外地巨商富贾为吃一口扬州菜，甚至想骑鹤而至，"腰缠十万贯，骑鹤下扬州"。想到"何"，想到"鹤"，曾国藩想起中国历史上还真有一位与鹤有关的何姓人物——何逊。

　　何逊，字仲言，南朝梁诗人，文学家，东海郯（今山东郯城）人。曾在扬州为官，梅花盛开时，常吟诗咏梅自乐。后调至洛阳，思梅不得，请求调回扬州。归来时，仙鹤相随，正是寒梅盛放季节，遂邀同好赏梅饮酒，重拾快乐。

　　加之唐代诗人徐凝在七绝《忆扬州》中曾写道："天下三分明月夜，二分无赖是扬州。"于是，曾国藩提笔写就下联：

二分明月，鹤随何逊共移家。

　　下联更将何栻比作清雅绝世的何逊，说他骑着仙鹤，迁居月亮下面最繁华的扬州。曾国藩此联连用范蠡与何逊的故事，被称为"用典最工者"。

　　曾国藩使用"二分明月"形容扬州的繁华，何栻也喜欢这个词。仅在壶园内，何栻就两次使用过：

　　泛萍十年，宦海抽帆，小隐遂平生，抛将冠冕簪缨，幸脱牢笼知

敝屣;

明月二分，官梅留约，有家归不得，且筑楼台花木，愿兹草创作菟裘。

移来一品洞天，颠甚南宫拜石；

领取二分明月，快似北海开樽。

何栻是乙巳会试进士，有意思的是，曾国藩还为该科湘籍进士作过一联。乙巳会试，湖南共有十人中进士，其中殿试萧锦忠中殿元（一甲第一名）；周寿昌中二甲第二名（曾是顺天乡试南元）；孙鼎臣中朝元（二甲第一名），此三人皆曾国藩长沙老乡。为庆祝金榜题名，湖南老乡假北京长沙郡馆张灯结彩，演戏尽兴。曾国藩看到家乡人才济济，欣然提笔，作联一副：

同科十进士；

庆榜三名元。

曾国藩热爱家乡，对莘莘学子寄予厚望，这种情怀在对联中也有体现。他曾为湖南衡阳莲湖书院作过一联：

莲香入座清，笔底当插成这般花样；

湖水连天静，眼前可悟到斯道源头。

莲湖书院，原名临蒸书院，位于湖南衡阳城西西湖旁，创建于1763年。1902年，改为衡清官立高等小学堂。现为衡阳市第二中学。还有一联是为湘乡东皋书院作的：

涟水湘山俱有灵，其秀气必钟英哲；

圣贤豪杰都无种，在儒生自识指归。

东皋书院原建于湘乡涟水西岸洗笔池旁。1860年，曾国藩奏请在湘乡建昭忠祠，并将东皋书院迁至其旁。三年后，书院建成。曾国藩亲书"东皋书院"四个大字，并撰写此联。如今，书院已经不复存在，其遗址上建起了一幢居民楼。

何栻题扬州题襟馆篆字联

（上联）当年多士登楼，追陪雅集。湖渔洋修禊，宾谷题襟，招来济济英髦，翰墨壮山河之色。緊玉钩芳草，绿蘸歌衫，金带名花，香霏砚席，扬华摛藻，至今传宏奖风流，贤使君提倡骚坛，谁堪梅阁联诗，芜城续赋；

（下联）此日有人骑鹤，烂漫闲游。怅文选楼空，蕃厘馆圮，阅尽茫茫浩劫，园林剩瓦砾之场。只桥畔吹箫，二分月古，湾头打浆，十里春深，补柳栽桑，渐次庆升平景象，大都会搜寻胜概，我欲雷塘泛酒，蜀井评泉。

三、李鸿章与吴汝纶

提起李鸿章，人们立即会想到很多与其有关的标签：直隶总督、北洋大臣、洋务运动、《马关条约》、淮军创始人等。可说起吴汝纶，知者却寥寥无几。

吴汝纶（1840—1903），字挚甫，安徽桐城人，是桐城派晚期的文学大师，曾为严复《天演论》作序。吴汝纶25岁时，以第八名的佳绩中进士，授内阁中书，得曾国藩赏识，入幕府，与武昌张裕钊、遵义黎庶昌、无锡薛福成并称曾的四大弟子。

曾国藩之后，李鸿章任直隶总督。吴汝纶时任直隶省深州知州，经常上书合肥（李鸿章郡望）讨论水利工程建设。吴汝纶是个清官，对下关心民瘼；对上不知逢迎，仕途越走越窄。1889年，49岁的他辞官治学，来到保定莲池书院任山长，即院长。莲池书院始建于1773年，由当时的直隶总督李卫奏建，是直隶的最高学府。吴汝纶在保定时，为保定淮军公所撰过不少精彩的楹联。

淮军公所，位于保定古城区西南，全称是"淮军昭忠祠暨公所"。公所占地40亩，建筑面积5000平方米，由办公、戏楼、生活、伙房、纪念、花园和马厩七部分组成。淮军公所是纪念镇压太平天国和捻军的淮军阵亡将士祠堂，也是安徽会馆所在地。李鸿章去世后改为李鸿章祠堂。吴汝纶曾为淮军公所"总祠"作过一联：

> 生为人杰，没乃鬼雄，浩气拱神京三光争曜；
> 白骨成灰，丹心不死，义声与淮水万古长流。

还有一联：

此乡乃侠窟余风，万丈白红马生角；

何处访战场故事，一堆黄土豹留皮。

还为公所戏台作抱柱联：

高节变风云，坐客欷歔，击筑欲邀燕市饮；

遗芳在兰菊，礼魂容与，传芭疑唱楚人骚。

此联有额"划然轩昂"。上联"击筑"是指高渐离与好友荆轲在
燕国集市中喝酒，其间，高渐离击筑奏乐，荆轲唱歌和之。下联"传
芭"出自《楚辞·九歌·礼魂》的"传芭兮代舞"。芭是指巫师手持
的香草。可惜的是，淮军公所的戏楼和戏台早已没有了当年的辉煌。

李鸿章是政治家，也是楹联大家。他曾为安徽巢湖中庙镇的淮军

河北保定淮军公所戏楼

昭忠祠作过一联：

庙貌踞中流，看短槛外舟楫排空，且喜他爽气西来，大江东去；
天心通感召，任方寸同波涛不作，尚评尔潮平岸阔，风正帆悬。

他还曾作一副幽默的自题联：

受尽天下百官气；
养就胸中一段春。

从联语中，我们可以读到一种大度的自嘲和任人评说的无奈。李鸿章七十寿诞时，吴汝纶曾作两副寿联祝贺：

文字空千载；
声名动四维。

我国有大老；
是身得长生。

李鸿章儿子结婚时，吴汝纶作喜联祝贺：

将相传家真有种；
阳和得气便成春。

李鸿章书法对联。全联为："笔下云烟龙天矫；胸中书史雪光明。"

李鸿章有三子。长子李经方任驻美

参赞、驻日公使、出使英国大臣、邮传部左侍郎；次子李经述是三品参赞官；三子李经迈为出使奥国钦差大臣、民政部右侍郎。不知吴汝纶此联是为李鸿章哪个儿子所作。

吴汝纶与李鸿章的友谊长达三十年，最好的见证就是吴为李编制的《李肃毅伯奏议》。这部书是《李文忠公全书》初稿（1700万字）的简本，于1898年刻印发行。吴汝纶1903年病故时，只完成了海军函稿、电稿、译署函稿等

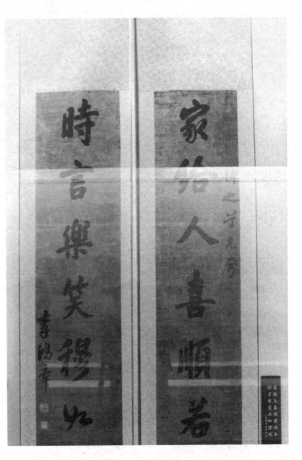

李鸿章书法对联，题于安徽合肥李鸿章故居。全联为："家给人喜顺若流水；时言乐笑穆如清风。"

初稿部分，1904年，吴的从侄女婿廉泉继续整理编印，于1905年完成《李文忠公全书》，可惜删减太多，仅余700余万字。

吴汝纶编写此书的初衷是为甲午海战后的李鸿章正名，李鸿章自然非常感动。于是，李委托吴汝纶为其撰写墓志铭。吴汝纶为其写就墓志铭和神道碑铭，称李为"东方毕士马克"，即东方俾斯麦。

既然说到李鸿章的死，不如就用他的自挽联结束本文吧：

老子婆娑看儿曹，整顿乾坤，当代重逢王海日；
吾皇神武安天下，扫除纷乱，家祭无忘陆放翁。

第三章　名人名对

吴汝纶书法对联。全联为："水流心不竞；云在意俱迟。"此联出自杜甫五律《江亭》："坦腹江亭暖，长吟野望时。水流心不竞，云在意俱迟。寂寂春将晚，欣欣物自私。故林归未得，排闷强裁诗。"

四、左宗棠与吴可读

左宗棠（1812—1885），字季高，湖南湘阴人，清季名臣，湘军代表人物。左宗棠年轻时，性格急躁，常因小事与人争执不休。俗话说：官升脾气长，可他却相反，他的脾气随着官升越来越小，越来越平和。为此，他给自己写了副自勉联：

身无半亩，心忧天下；

读破万卷，神交古人。

镇压太平天国起义时，左宗棠先组楚军，后办常捷军。镇压太平天国后，他荣升闽浙总督，办马尾船厂。左宗棠爱好对联，常常自题，其中著名的一副是：

文章西汉两司马；

经济南阳一卧龙。

不久，迁陕甘总督。在兰州，左宗棠遇到了一位更会写对联的人——吴可读。

吴可读（1812—1879），字柳堂，甘肃兰州人。他聪颖博学，过目不忘，道光三十年（1850）时考中进士，授刑部主事，晋员外郎。咸丰十年（1860），母亲去世，吴可读回兰州丁忧。左宗棠久闻吴可读博学之名，聘其为兰山书院山长。该书院位于甘肃兰州，始建于1724年，是

湖南湘潭县左宗棠故居自题联："文章西汉两司马；经济南阳一卧龙。"

专为考取举人的五贡生（恩贡、拔贡、副贡、岁贡、优贡）设立的学校。

在甘肃生活十多年后，左宗棠发现一个问题，那就是陕甘乡试合闱给甘肃考生造成很大不便。合闱，就是两省乡试考生在一处考试，即甘肃考生要远赴陕西参加考试。如果将乡试比作现在的高考，就是说甘肃全境没有考点，需要应试的考生必须跋山涉水到陕西应试。当时，甘肃除管辖甘肃全境外，还负责宁夏、青海河湟地区、新疆乌鲁木齐、哈密等地。甘肃境内的考生，近的要走几百公里，远的需跋涉数千里。少的花费数十两，多的可达上百两，几乎相当于福建考生到北京的费用。由于费用巨大，甘肃人读书热情始终不高，造成该省重武轻文的状态。1873年，左宗棠上奏朝廷《奏请甘肃分闱疏》，请求陕甘分闱。次年，朝廷批准其请求，但需甘肃自筹资金办理贡院，即开科举士的考场。

甘肃贡院。匾额"至公堂"和两侧对联为左宗棠题写

左宗棠将修建甘肃贡院的工作交给了吴可读。吴可读不负所望，劝捐白银50万两，于1875年将贡院建成。秋天，甘肃贡院举行第一次乡试，考生达3000余人，是以往乡试的三倍之多。左宗棠非常高兴，当天为贡院的"至公堂"题额题联：

　　　　共赏万余卷奇文，远撷紫芝，近寨朱草；
　　　　重寻五十年旧事，一攀丹桂，三趁黄槐。

　　上联是说在贡院阅卷选才；下联回顾的是自己一次乡试中举，三次会试落榜的经历。看到崭新的甘肃贡院，吴可读写下了著名的192字长联：

　　　　二百年草昧破天荒，继滇黔而踵湘鄂，迢迢绝域，问谁把秋色平分？看雄关四扇，雉堞千寻，燕厦两行，龙门数仞，外勿弃九边桢干，内勿遗八郡楩楠，画栋与雕梁，齐煜耀于铁马金戈以后；抚今追昔，饮水思源，莫辜负我名相怜才，如许经营，几番结撰；
　　　　一万里文明培地脉，历井鬼而指斗牛，翼翼神州，知自古夏声必大。想积石南横，崆峒东蠢，流沙北走，瀚海西来，淘不尽耳畔黄河，削不成眼前兰岭，群山兼众壑，都奔赴于风檐寸晷之中；叠嶂层峦，惊涛骇浪，无非为尔诸生下笔，展开气象，推助波澜。

　　上联是说甘肃建省200年后，终于与云南、贵州、湖南、湖北一样，成为可以单独乡试的省份，有了自己的贡院。"名相"指的是左宗棠。下联是期望华夏文明在甘肃发扬光大，并展示贡院地理环境。"风檐寸晷"指的是科举时代考场中的苦况。此联虽然长达192字，但只是长联中的小弟弟。中国最长联达1612字，书于四川江津临江城楼。
　　1875年十月初七是左宗棠64岁生日。属下幕僚欲为其祝寿，却又怕他讨厌繁文缛节。吴可读知道后，便自告奋勇地写了副寿联，希望左宗棠可以满足下属的贺寿请求。寿联是：

千古文章功参麟笔；

两朝开济庆洽牺爻。

左宗棠明白，上联是夸他文章道德可入《春秋》；下联赞他辅佐两任皇帝劳苦功高。"牺爻"指伏羲氏所画八卦，两两相重，可演为六十四卦，暗指左宗棠64岁寿辰。左宗棠大喜，说："不可辜负此联。"于是属下张灯结彩，杀猪宰牛，为其贺寿。

不过，让吴可读名垂青史的却是轰动朝野的"尸谏"壮举。同治皇帝薨逝时，年仅19岁，尚无子嗣。慈禧太后为继续把持朝纲，垂帘听政，遂立载湉为咸丰皇帝的嗣皇帝。载湉是咸丰皇帝弟弟奕譞的儿子，其母是慈禧太后的亲妹妹叶赫那拉·婉贞。载湉既是慈禧太后的侄儿，又是她的外甥。这样，慈禧太后就可以实现她的第二次垂帘听政之梦。不过，不为大行皇帝立嗣的做法与清朝祖制不符，引起很多人的不满，吴可读就是其中一个。

光绪五年（1879），同治皇帝大葬，吴可读随行。安葬完同治帝，吴可读在一条白绫上写下绝命自挽联：

九重懿德双慈圣；

千古忠魂一惠陵。

然后在蓟州三义庙房梁结环自缢。谁知老庙年久，梁木腐朽，自缢失败。但是他意已决，于是服毒身死。

吴死后，李鸿章上奏请在蓟州建祠纪念其殉节。本来慈禧太后还想追责吴可读尸谏之举，但看到李鸿章的奏折，她决定将坏事变好事，于是大笔一挥，准其所请。吴的尸谏虽然无法阻止慈禧太后垂帘听政，却意外地开创了晚清官员不畏权力、敢于谏言的风气。

五、林则徐与梁章钜

林则徐（1785—1850），字元抚、少穆，福建侯官（今福州）人。提起林则徐，人们便会想到虎门销烟，其实，他还是一位思想家、诗人和楹联大师。

那么梁章钜是谁呢？对楹联稍有研究的爱好者一定知道《楹联丛话》，这部书就是梁章钜的著作。梁章钜（1775—1849），字茝林、闳中，福建长乐人，楹联研究大家。

林则徐与梁章钜相识并相交于福州鳌峰书院。鳌峰书院位于今福建省福州市鼓楼区鳌峰坊，始建于1707年。每年二月初旬，书院公开招收全省九府一州品学兼优的生员（举人）、监生和童生入院学习。

吴可读书法对联。全联为："履武戴文飞声腾实；振景拔迹研机洞元。"右侧款识：集杜逸陶弼合璧于耐庵草堂。左侧款识：辛未十月铎生吴可读

书院采用共学的方式，即院长（山长）在堂上宣讲，学生环坐静听。后废除共学，改讲学，最后仅讲八股文和试帖诗。

1799年，14岁的林则徐中举人后，进入鳌峰书院学习。在这里，

林则徐书法对联。全联为："半榻有时邀月伴；一春无事为花忙。"

林则徐遇到了一生的知己——梁章钜。梁章钜虽然长林则徐10岁，但他20岁才中举人，所以俩人才有机会成为同学。之后，俩人同为福建巡抚张师诚的幕府。道光十九年（1839），林则徐作为钦差大臣前往两广查禁鸦片。当时，梁章钜正任广西巡抚，梧州和浔州囤积了大量从广州运来的鸦片。梁章钜积极配合和支持林则徐，为禁烟工作出力颇多。林则徐被革职后，梁章钜继续坚持禁烟抗英。他是第一个将广州三元里人民抗英事迹上奏朝廷的封疆大吏；也是第一位喊出"收复香港为首务"的朝廷命官。俩人在政治上合作默契，在楹联方面又有过什么交往呢？

梁章钜在广西巡抚任上，林则徐曾赠其一联：

诏起家山，著述已成千卷；
官同岭海，因缘宿缔三江。

上联赞梁章钜学问深厚，著述丰富；下联言俩人同地为官，因缘匪浅。梁章钜一生著作甚丰，除《楹联丛话》系列外，还有《枢垣记略》《文选旁证》《制义丛谈》《浪迹丛谈》等70余种。

1833年，梁章鉅夫人郑氏病逝，林则徐作挽联曰：

相夫垂四十载辛勤，出处同心，昼锦归来犹并辔；
济世具万千缮功德，炽昌启后，夜台化去合生天。

梁章鉅读过此联，说："隐括余行状语也。"梁章鉅73岁时，三子梁恭辰赴浙江杭州以知府补用。此时，梁章鉅因病在家调养，但福州老家的房子年久失修，已无法居住。梁恭辰就带着父亲前往杭州上任。路上，梁章鉅致函林则徐，告知自己的去向。

林则徐得信后，马上回书一封，其中有"哲嗣以二千石洊登通显，台端以八十翁就养湖山"之句。梁章鉅非常喜欢这两句话，遂复信林则徐，请其将此二句写成长联，还说要把这联悬挂于杭州自己的书房里，"以为光宠"。

林则徐像

很快，林则徐寄来一副28字长联：

曾从二千石起家，衣钵新传贤弟子；
难得八十翁就养，湖山旧识老诗人。

梁章鉅读罢此联，感愧交并，激动不已。不过，更让他心潮澎湃的是林则徐为此联还写了一个长跋：

　　"茝林中丞老前辈大人，自出守至开府，常往来吴、越间，今喆嗣敬叔太守又以一麾莅浙，迎养公于西泠。公游兴仍豪，吟情更健。此行真与湖山重缔夙缘矣。昨书来索楹帖，以则徐前书有二千石、八十翁对语，嘱广其意为长联，并欲识其缘起。公昔历封圻，距守郡时才一纪耳！今悬车数载后，复以儿郎作郡，就养于六桥、三竺间，此福几生修得？若他日再见封圻之历承，此衣钵之传，岂不更为盛事。敬叔勉乎哉！道光丁未人日，同里馆侍生林则徐识于青门节署，时年六十有三。"

　　梁章鉅赞联和跋是"词翰双美"，马上命人装裱，并挂于杭州三桥址新宅书房。后来，梁章鉅将此联收入自己编写的《楹联三话》中。

　　几个月后，梁章鉅回赠林则徐一联：

麟阁待老臣，最难西域生还，万顷开荒成佛绩；
凤池诒令子，喜听东山复起，一门济美报清时。

　　此联撰就后，梁章鉅将其寄往关中。鸦片战争失败后，道光皇帝迁怒林则徐，将其发配伊犁。四年后，道光皇帝重新起用林则徐，先令其署陕甘总督，后任其为陕西巡抚。梁章鉅的信函刚刚寄出，道光皇帝一纸命令又将林则徐从陕西巡抚升为云贵总督。梁章鉅还一度担心林则徐收不到这副对联呢。

　　梁章鉅还曾赠林则徐一联：

帝倚以为股肱耳目；
民望之若父母神明。

上联赞林则徐是皇帝依赖的重臣；下联称林则徐为人民信赖的官员。梁章鉅在《制义丛谈》中大赞林则徐"天怀敦笃，文笔敏瞻"。林则徐亦投桃报李，称誉梁为"卓然当代伟人"。梁章鉅去世的第二年，林则徐的生命也走到了尽头。今天的人民从两人留下的精彩对联中，一定还能体会到他们之间真挚的友谊。

第四章　民间巧思

一、饿鬼道破小人儒

人号道人，饿鬼道，畜生道？

匠名儒匠，君子儒，小人儒？

　　清朝有一位木匠，他虽然靠打家具为生，但平时最喜欢的却是读书，尤爱诸子百家的名篇。他不仅读书，还能将读书的心得融会贯通于家具制作中，所以他的作品件件都有书卷气。因此，人们尊称他为"儒匠"。

　　离木匠家不远的山上有一座无量观，观中的道长自恃才学，素来高傲。他听说山下有个爱读书的木匠，心里觉得好笑，便以修理观中大门的名义将"儒匠"请上山，准备乘机羞辱他一番。

　　木匠来到观中，道长并不给他布置任务，而是上上下下打量了木匠好几遍，又围着木匠走了好几圈，然后站在木匠面前，双眼看着他。

　　木匠实在忍不住了，就说："道长有什么活吗？如果没有的话，在下还要回去读书呢。"

　　道长一听，扑哧一声乐了，说："儒匠啊儒匠，人们都这么称呼你，可是我却不相信一个木匠能读几本书。这样，我出个下联，你如果能对出上联，我就把修大门的活给你干。"

木匠闻听，便冷静地答道："道长，请说吧。"

道长："下联是，匠名儒匠，君子儒，小人儒？"

木匠听罢，知道道长的下联出自《论语·雍也篇》的名句"汝为君子儒，无为小人儒"，意思是说，你要做君子式的读书人，不要做小人那样的读书人。当然，木匠也听出了道长下联里嘲讽自己的语气。这时，无量观的小道士和附近香客纷纷涌上前来，想听听"儒匠"到底有什么能耐。

只见木匠上上下下仔细打量了道长之后，说道："在下的上联是，人号道人，饿鬼道，畜生道？"

围观的人听到木匠对得精彩，纷纷鼓掌。道长听罢，满脸通红，转身回自己房里去了。

有个小香客没有听懂，就问："爸爸，儒匠在骂人吗？"

站在小香客身边的爸爸说："不是，儒匠说的是佛教术语。"

原来，饿鬼道和畜生道都是佛教六道轮回中的术语。木匠利用佛教术语中的"道"字，巧妙地讥讽了看不起人的道长。

饿鬼道和畜生道都是人死后投生的路径，按照所受痛苦来分，畜生道要比饿鬼道轻松很多；按照智力来分，饿鬼道的智商要高于畜生道。

后来，道长出来给木匠认了错，还答应把观中所有的木匠活都交给"儒匠"。木匠也大方接受了道长的道歉，俩人冰释前嫌，成了朋友。

二、和尚画和翰林书

画上荷花和尚画；

书临汉帖翰林书。

世人都知道少林寺武功独步天下，僧人中藏龙卧虎，高手如云。但鲜为人知的是，少林武僧中也有善书画、工诗文的文武全才。

清乾隆某年夏天清晨，一位张姓翰林在回乡途中路过嵩山，因慕少林之名已久，便下马登山，前往山门。张翰林走进少林寺的时候，已经是日头高照。他累得气喘吁吁，口干舌燥，一进门，便向门口的小和尚要水喝。小和尚向殿后一指，告诉张翰林伙房和水井都在后面。张翰林顾不得道谢，忙向殿后跑去。

张翰林连喝了三大碗水，才觉得好受一些。这时，一股米饭香味飘来，张翰林的肚子就叫了起来。他朝旁边一看，发现伙房内有几个僧人正在干活。张翰林顾不得面子，决定先去讨碗斋饭吃。

推开伙房的门，张翰林却被墙上的一幅水墨画吸引了。只见画中荷叶浮水，荷花含苞，水面微澜，鸳鸯追逐。让人仿佛置身水边，似有荷香扑面。张翰林对此画"一见钟情"，也忘了饥饿。走到近前，他看见画上题着"柳荷图"三个字，但落款竟然是空的。张翰林大奇，正想找人询问。这时，一个苍老的声音从后面传来："施主，看您头冒虚汗，一定是登山劳苦，腹中饥饿，这里备有斋饭，请施主自用。"

张翰林回过头来，见一白须老和尚，身穿粗布火头僧衣，双手捧着一份斋饭，正在冲他微笑。

张翰林忙深施一礼，说："多谢大师赐饭。"说完，双手接过斋饭，但双脚却未动一步。

老和尚见来人似有话说，忙问："老衲不是大师，就是寺中伙夫。施主有何问题，但讲无妨。"

张翰林一听，忙将斋饭放在身旁的桌上，说："本人对此画颇有好感，不知此画出自何人之手，为何竟无落款？"

老和尚一听，微微一笑，说："阿弥陀佛，老衲的信手涂鸦，让施主见笑了。寺中伙夫，无名小卒，不值一提，不值一提。"

张翰林听罢，肃然起敬，忙再施一礼，说："大师，在下愚笨，还有一事不明。画中无柳，为何此画却名'柳荷图'？"

老和尚双手合十，道："观景之人，必在岸边。画中无柳，岸边有柳，观者心中亦有柳。"

张翰林闻听，顿觉醍醐灌顶，三次施礼，道："今日闻听大师之言，茅塞顿开。在下有个不情之请，想夺人之爱。可否将此画赠与在下？"

老和尚笑着说："施主还是先吃斋饭吧。"

张翰林以为老和尚不愿舍弃心爱之物，忙说："在下这里有十两银票一张，可否请大师为在下重画一张？"

老和尚大笑，道："老衲不是舍不得送你。这样吧，施主先吃饭，然后请为我续个下联。下联对得好，此画再送给施主。"

张翰林饱读诗书，最不怕的就是作对写诗。三口两口把饭吃完了，对老和尚说："大师，请出题。"

老和尚看着张翰林，又看看画，道："画上荷花和尚画。"

张翰林略一思索，道："书临汉帖翰林书。"

老和尚一听，忙道："原来是翰林到此，老衲失敬了。"

张翰林说："什么翰林不翰林的，在大师的画作面前，在下做学生都不配啊。"

老和尚觉得张翰林识画赏画，是个知音，就说："老衲也有个不情之请，请翰林为此画题个落款吧。"

张翰林道："大师之请，在下荣幸之至。请问写什么呢？"

老和尚道："就写'翰林伙夫'吧。"说完，哈哈大笑。

张翰林也觉得好，就跟着笑了起来。笑完研墨提笔，在落款处题上"翰林伙夫"四字。张翰林下山回乡后，将此画悬挂于家中书斋正中。

三个月后，张翰林回京再次路过少林。他带着厚礼上山去拜访老和尚，谁知老和尚竟然于一个月前圆寂了。张翰林哀伤不已，提笔书写一副俩人之前的对联，并将其焚于老和尚的墓前，以慰亡人。

三、倪才女对联征夫

巍巍华山，五峰金针穿三府；

滔滔黄河，一条银线贯九州。

清代嘉庆年间，素有"三秦要道，八省通衢"之称的陕西省华阴县县城内，有一家"悦来茶楼"。茶楼的老板姓倪，来自福建，他颇会经营，每天宾客盈门，应接不暇。生意好，财富自然不断增加，倪家在当地也算得上小康了。

倪老板夫妇育有一女，名娇妹，年方十六。此女虽然生在市井，却出落得闭月羞花。倪老板爱女心切，从不让女儿做茶楼里的事，反倒为她雇丫鬟两名，帮其打理日常琐事。倪娇妹每日读书习字，绣花弹琴。到16岁这年，她已经出口成章，琴棋书画，无不通晓。

倪娇妹生在华山脚下，对华山特别喜爱和敬畏。华山北临黄河，南依秦岭，有东西南北中五座山峰。南峰名为"落雁"，是主峰。其他四峰为东峰朝阳、西峰莲花、中峰玉女、北峰云台。闲暇之时，她常与丫鬟一起登山远眺，憧憬未来。

倪娇妹虽然饱读诗书，但毕竟是少女天性，还有活泼开朗的一面。一次，她与两个丫鬟半夜溜出家门，徒步登上朝阳峰的朝阳台，准备观赏日出。当看到火红的日头浮出云海的时候，她高兴极了，不禁欢呼雀跃。不想踩到脚下石块，一下摔倒。两个丫鬟吓坏了，刚想搀扶，却见一个俊俏的白衣书生敏捷地将小姐扶住了。书生还关心地询问倪娇妹有无受伤，还不断地为自己冒昧搀扶表示道歉。当时男女授受不亲，尤其是还未出嫁的女子，更是不能离开家门，以免惹人闲话。

倪娇妹偷眼打量书生，见其齿白唇红，英朗俊俏，腰悬宝剑，身后跟有一个书童。心想此人气质不凡，救了自己还不停道歉，真是知书达礼的好儿郎。这么一想，不觉脸颊绯红，忙张口道谢，屈身行礼。两个丫鬟过来搀扶倪娇妹，其中一名丫鬟比较机灵，就问书生贵姓，还说以后要答谢。书生告诉她自己姓钟，丫鬟随口也把小姐的姓氏告诉了钟书生。说完，三人急匆匆地下山了。

回到家里，倪娇妹对白衣书生念念不忘。两个丫鬟也看出小姐心思，但都无法找到书生。一个丫鬟突然想起了什么，说道："小姐，那人说话是本地口音，不妨咱们比武招亲吧。"

倪娇妹嗔道："傻丫头，我又不会武艺，谈何比武招亲？"

另一个丫鬟说："小姐可以作对子招亲啊。"

倪娇妹一想，如果白衣书生是本地人，此举也是一个好办法，但怎么和父母提此事呢？正好倪妈妈也在操心女儿的婚事，可是一个茶楼老板饱读诗书的女儿，给人一种高不成低不就的感觉。在门当户对的年代，却只好找户同样做买卖的人家。但这样的话，就会耽误女儿。倪妈妈听丫鬟说要作对子招亲，觉得是个办法，就点头表示同意。

这天，茶楼内人声鼎沸，茶楼外，人们围着一张红纸告示讨论不停。那红纸告示，就是倪娇妹的作对子招亲的告示。上面写着一副上联：巍巍华山，五峰金针穿三府。

可是几天过去了，敢来应对的人却寥寥无几。原来，陕西地偏一隅，当地人重武轻文，中武举的人年年有，可做翰林的却鲜见，至于文武全才，那更是闻所未闻。

正当倪妈妈和女儿郁闷之际，家人忽然来报，说有一个白衣书生将下联对出来了。倪娇妹一听白衣书生，大喜，忙问其下联。

家人道："下联是'滔滔黄河，一条银线贯九州'。"

倪娇妹听罢暗喜：这对子好啊！华山对黄河、金针对银线、三府对九州。一旁丫鬟忙问那书生模样如何。家人道："书生用扇遮面，未看清楚。"

倪娇妹有些失望，就对家人说："我这里还有一联，请那位先生一对。"说罢，提笔写道：妙人儿，倪家少女。写完交给家人拿出去。

不一会儿，家人拿着下联进来。倪娇妹一看，只见下联是：钟山寺，峙立金童。倪娇妹一看大喜，这下联不仅对仗工整，而且还道出了对方的姓氏。原来，倪娇妹的上联是拆字联，"人儿"就是"倪"字。对方的下联，"山寺"为"峙"，对方的名字就是钟峙。

原来，钟峙就是那天救了倪娇妹的白衣书生。他自与倪娇妹邂逅，一见生情，念念不忘。下山后，一连多日在华阴县城内打听，最后方知该小姐是悦来茶楼的千金。钟峙家本是西安大户，他自幼习文练武，文学武功均属上乘。他本拟让书童回家找人提亲，见到倪家的招亲告示后，就自己上门应征。

倪娇妹和钟峙互相爱慕，倪爸爸倪妈妈见到未来女婿一表人才也非常高兴，得知钟家是西安大户后，更加笑得合不拢嘴。三个月后，俩人的婚礼在西安和华阴两地举行。一对有情人终成眷属。

四、光棍汉妙对县官

雪压山头，哪个尖峰敢露？

日穿壁孔，这根光棍难拿！

　　清朝乾隆年间，江西某县有个失意秀才，名叫徐若麟。他虽生得文弱，却有一副侠义心肠，最看不惯的就是贪官欺行霸市、鱼肉乡民。每每遇到不平之事，他总是挺身而出，他的行为让贪官又气又恨，背地里都喊他"徐光棍"。

　　光棍有流氓、无赖的意思，但也有好汉的意思。就是说徐若麟是贪官眼里的"无赖"，却是百姓眼中的好汉。

　　这一年，该县来了一个新县官。该人生性贪婪，本以为这次又可以大捞一把。谁知一到县衙，向身边人打听县里的情况时，才发现上任知县是被人气走的，而气走知县的人就是徐光棍。县官忙打听徐光棍是谁，手下告诉他徐光棍就是县里一个赖皮、无赖。

　　县官可不傻，心想一个赖皮能把县令气走，那一定不是普通的赖皮。第二天，县官微服上街，准备向当地人了解徐光棍的情况。

　　县令向一个卖鱼的小贩打听，鱼贩说："徐光棍手无缚鸡之力，是个老实人，好人。"

　　县令又向开饭店的老板打听，老板说："徐光棍细声细语，和蔼可亲，是个老实人。"

　　县令再向打铁的铁匠打听，铁匠说："徐光棍细皮嫩肉，不发脾气，是个好人。"

　　县令打听完，自己也糊涂了，这徐光棍到底是什么人？怎么县衙里的人都说他是无赖，而外面的人都说他是老实人？

正当县令犯糊涂时，听到铁匠对他喊："这位爷，那边走过来的就是徐光棍。"县令打眼一看，只见一个身材瘦高的读书人模样的人正迈着方步从饭店那里向铁匠铺走来。徐光棍手持折扇，脚蹬草鞋，身穿粗布衣服，但给人的感觉却干净、清爽。

县令一见，忙迎上前去，还向徐光棍深施一礼。徐光棍见来人气度不凡，也礼貌地还了一礼。县令说："鄙人乃新任县令，初来乍到，人们都说阁下是好人，请阁下到县衙一叙，融洽官民感情。"

徐光棍也知道昨天县里来了新县令，本来准备去县衙看看，没想到县令却主动出门找他了。见县令非常客气，徐光棍以为这回碰到了好官，就客气地说："县令是一县的父母官，是为民作主的，在下何德何能，值得县令大人亲自邀请。在下这就与您同去县衙。"

周围商户听说县令微服来请徐光棍，都说这回算是遇到好官了，非常高兴。鱼贩准备了一条大的活鲤鱼，饭店准备了一桌酒菜，铁匠打出了一把宝刀，都想送给县令，希望他为民办好事。

县令见徐光棍柔弱可欺，并不将他放在眼里，但想到老百姓喜欢徐光棍，心有畏惧，也不敢对徐光棍如何。来到县衙后，县令命衙役端上好茶，请徐光棍喝。县令看着喝茶的徐光棍，想要杀杀他的威风，就说："本官见阁下是读书人，不知阁下学问如何，这里有一个上联，看看阁下能否对出下联。我的上联是'雪压山头，哪个尖峰敢露？'"

县令的意思是本官乃这里的老大，哪个不知好歹的敢为百姓出头？徐光棍是读书人，当然听得出上联的意思。但他不卑不亢，慢慢说出自己的下联："日穿壁孔，这根光棍难拿！"

徐光棍的意思是就是再难的问题，他都敢碰。县令碰了软钉子，但还不死心，说了几句客气话，就将徐光棍送了出去。

徐光棍来到外面，鱼贩、老板、铁匠都来问他县令怎么样。徐光棍叹道："只怕又是一任狗官。"

鱼贩听了，从摊子上拿来一条臭鱼。

饭店老板听了，从泔水桶里掏出一桶剩菜。

铁匠听了，端来了火盆。

几个人就在县衙门口煮起了剩菜剩饭，不一会儿，臭味飘进了县衙。县令受不了，跑出来一看，立即明白了老百姓在向他做无声的抗议。此后，县令时刻知道约束自己，竟然成了人民爱戴的好官。

五、学生调皮试老师

门内有才何闭户？

寺边无日不逢时。

清代有位胡姓秀才，虽然有才学，却屡试不第。因为生活所迫，无奈放弃乡试，回到家乡做了私塾先生。

胡秀才的学生一共有十人，其中最调皮的，也是最聪明的名叫赵灵。说起胡秀才为赵灵当先生还有一段故事。

赵灵父亲是方圆十里之内最大的地主，家资千万，手下家人工人几百号，但就是对这个儿子毫无办法。赵灵生性顽皮，但酷爱读书，请来的老师，他都要千方百计地考上一番，如果没有真才实学，便请父亲将先生请走。一般人只道赵灵顽皮不可调教，却不知他是不想找个滥竽充数的先生教自己而已。

赵灵父亲听说胡秀才返乡，就亲自登门，高薪相请。此时，胡秀才一家正发愁无米下锅，孩子也几个月没有吃到肉了。胡秀才不加思考，便想接下这份工作。可老婆胡嫂早就听说赵家的儿子是个顽童，已经气走了几位先生。她怕胡秀才在赵家遭罪，就伸手拉拉胡秀才的衣襟。

赵灵父亲看到这一幕，生怕胡秀才不答应，那样的话方圆十里就找不到老师教育自己的儿子了。赵灵父亲忙说："如果胡秀才肯答应，到年底我再加两个月工钱，外加一头猪。"

胡秀才心里想着几个月没有吃肉的儿子，不假思索地答应了。

胡秀才来到赵家私塾，见学堂里只有三个课桌。一问才知道，原来这里有十个课桌，由于私塾先生频繁更换，其他七个学生已经转学了。剩下的三位除了赵灵外，另外两个都是赵灵的表哥。

上课第一天，赵灵并没有来。胡秀才讲到一半，听到门外有人说："门内有才何闭户？"胡秀才一听，是童声，知道是赵灵在考他对联的功夫。

胡秀才不紧不慢地对下面两位赵灵的表哥说："门内有才，是闭门的闭字。而门户是一个意思，这个上联出得非常好！"

赵灵在外面听到表扬，沾沾自喜。他听到胡秀才继续说："我这下联是'寺边无日不逢时'。"

赵灵一听，知道先生的下联是拆字联。时的繁体字是"時"，左边一个日字，右边一个寺字。赵灵说了声好，就推门而入。

胡秀才说："来人一定是赵灵吧。"

赵灵答："正是。"

胡秀才说："既然你考了我，我也出一联考考你吧。"

赵灵骄傲地说："请吧。"

胡秀才说："冬至冬冬至，每冬先寒节而至。"

赵灵一听，觉得这位先生还有些才学。冬至是二十四节气之一，冬至之后，就是小寒、大寒了。赵灵想想过了年就是元宵节，于是说："月明月月明，按月以圆时愈明。"

胡秀才听到赵灵的下联，知道他是个天才的孩子，对他有了十分的喜爱。赵灵也觉得先生是有真才实学的人，于是就安心地开始读书。附近家长听说有人能制服赵灵，都将自己淘气的孩子送来学习。

转眼到了新年，学堂里已经坐满了十个学生。赵灵父亲看在眼里，心里高兴。忙命家人将两个月的加薪和一头大肥猪送到胡秀才家。从此，胡秀才就安心在那里教学为生了。

六、土财主胡改春联

天增岁月妈增寿；

春满乾坤爹满门。

清朝，山东有个土财主，虽有万贯家财，为人却非常吝啬。每天，土财主都要早起，监视厨房的佣人做粥。为了少用大米，每次佣人盛米时，土财主都要将最上面的一层米用手指头拨下去。为了省柴火，土财主甚至自己上山砍树枝。每次上山人们都在背后指指点点，说他那么有钱，还与穷人抢树枝。土财主也不在乎，有时候看到人家的树枝多，还要偷偷拿上一根。

土财主大字不识几个，但却喜欢舞文弄墨，家里还请了一位私塾先生专门教他的儿子。土财主对儿子可舍得花钱，好吃的，好玩的，好用的，他的儿子都有。

土财主的父母健在，他对父母则非常吝啬。转眼母亲的八十大寿到了，土财主想为母亲办寿，却不舍得花钱，就想出一个点子，打算在大门上贴副对联。可他又不舍得花钱去买，就打算让私塾先生帮着写一副。

土财主："先生，麻烦帮我写副春联为母亲祝寿。"

私塾先生觉得好气又好笑，说："春联贺寿，在下还是头一回听说。不知老爷要用哪副春联呢？"

土财主肚子里的东西非常少，就问："就是那个年年都贴的增什么增什么的。"

私塾先生道："天增岁月人增寿，春满乾坤福满门。"

土财主说："对对，就是这副。不过我想改两个字。"

私塾先生问："是哪两个字？"

土财主说："把人改成妈，福改成爹。"

私塾先生提笔写下："天增岁月妈增寿，春满乾坤爹满门。"

土财主一见大喜，忙命家人贴到大门口去。

过路的街坊看到土财主家的对联，不禁捧腹大笑，有的甚至直接敲门，想看看土财主家里的"爹"到底有多少。

七、买官药商遭讥讽

五品天青褂；
六味地黄丸。

清朝有个陈姓药材商人，虽然生意做得很大，但总觉得自己的社会地位不高。当时重官轻商，商人的社会地位非常低，一些成功的商人便用钱捐个官，满足自己虚荣的心理，借此获得社会承认。陈药材商自然也想捐个官做，但苦于自己还没有足够的钱。

这一年，全国洪水泛滥，多地遭灾，瘟疫流行。药材价格飞涨，有些名贵药材甚至上涨了几十倍，陈姓药材商因此大发其财，成为当地首富。

陈有了钱，但并不开心。因为社会地位低，虽然有钱，但还是无法挤入当地上层。那些有官职的人，那些家人可以得到朝廷封号的人，那些可以经朝廷允许建立祠堂的人，都让他羡慕不已。于是，他拿出一大笔钱，专门到北京去捐官。

事情办得非常顺利，陈如愿捐到五品官。拿到五品官服，陈既高兴又激动，但他不舍得穿，而是恭恭敬敬地将其迎到家乡。

到家后，陈焚香沐浴，拜祭过神灵和祖先后，才更衣。之后，全家一起欢宴。家人也为他高兴，觉得这是为祖上争了光。

从此，每逢当地有要事，陈都要穿着这身五品官服出席，享受别人阿谀和奉承，乐此不疲。不过，当地读书人却对他十分不屑。就是在街上遇到他，也不多看一眼。

陈内心对读书人不满，就在当地最好的酒楼宴请他们，准备趁机羞辱羞辱这些穷酸的文人。这天，他还是身穿五品官服而来，给到场的读书人一种距离感。读书人都对他嗤之以鼻。

陈自己并没有觉得有什么不对，还大言不惭地说："今天我请客，你们随便吃。但吃饭前，要对出我的上联。"

陈右手一挥，手下将上联展开，见上面写道：五品天青褂。

陈见大家没有言语，以为难住了大家，心里非常高兴，嘴上却说："答不出来也没关系，饭照吃，酒照喝。"

读书人听了他的话非常生气，纷纷离席欲走。这时，角落里传来一个声音："大家请慢走，我来一对。"

众人回头，见一位身材矮胖的书生缓缓站了起来，说："我试着对一下。我的下联是'六味地黄丸'。"

众书生听罢，心领神会，哈哈大笑。陈姓药材商见羞辱众书生不成，忙带着家人灰溜溜地跑了。此后，他再也没有穿过他的五品官服。

八、考中状元却谢客

忆当年，一贫如洗，缺柴缺米，谁肯雪中送炭？

到今朝，独占鳌头，有酒有肉，都来锦上添花。

清朝，山东有个家境贫寒的书生名叫白季鲁。他自幼父母双亡，由哥嫂抚养长大。哥嫂对白季鲁疼爱有加，无奈家中实在困难，常常无米下锅。白季鲁10岁的时候，家乡发生洪灾，哥嫂为保护他，双双被洪水冲走，不知下落。从那时起，白季鲁就开始了乞讨生涯。他乞讨的地方，就在县学堂的大门外，这样他每天都会听到朗朗的读书声。

听得久了，白季鲁竟然无师自通，可以随着里面老师的口令背下全部《论语》《孟子》。有一天，白季鲁正在背诵，恰巧被路过的学堂老师王先生看到。王先生非常奇怪，就问："你在背什么？"

白季鲁答："《论语》。"

王先生问："你在哪里学的？"

白季鲁指着脚下的地答："就在这里。听着听着我就会了。"

王先生大奇。随后，他了解到白季鲁虽然会背，但大字不识一个，而且无家可归。王先生可怜白季鲁，就将他带回家，给他洗澡，换上干净衣服，收养了他。

白季鲁师从王先生学习了五年，成绩突飞猛进，还以全县第一名的成绩考中了举人。正在一切向好的时候，王先生突然病逝。白季鲁再次失去依靠。

王先生的老婆也就是白季鲁的师母体弱多病，家中一切本来都靠王先生一手料理。如今王先生不在了，白季鲁勇敢地承担起养家的责任。可是他唯一的本领就是读书，但由于年纪太小，学堂和私塾都拒绝聘请他为老师。偶尔找到一个临时的工作，白季鲁总是认认真真地完成，从不敢有一丝偷懒。由于收入微薄，家里常常上顿不接下顿。师母想起王先生生前有些朋友和自己的亲戚，就让白季鲁去借些粮食回来。可是，白季鲁往往都是空手而去，空手而归。师母和他一天只吃一餐，忍饥挨饿度日。

虽然环境艰苦，白季鲁却不忘读书，而且加倍刻苦。转眼又到乡试之年，师母不想白季鲁错过机会，便拖着病弱的身体，到处为他借赴京的盘缠。可是，每到一处，师母遭到的不是白眼就是冷言冷语。师母一气之下，将唯一的房子卖掉，让白季鲁拿着钱去乡试，但没有告诉他钱的来历。白季鲁赴京后，师母自己却偷偷找个破庙住下。

白季鲁在京发挥出色，高中状元，而且在殿试中被皇帝钦点为一甲第一名。白季鲁回家时，县令在五十里外迎接，全县张灯结彩，人们纷纷走出家门，争睹这位大状元。

可白季鲁最想见的却是师母。当他在县令的陪伴下到家时，发现物是人非，师母已经不知所踪。有人告诉他，师母现在住在破庙里。白季鲁听罢，泪如雨下，顾不得擦拭，便往破庙方向跑去。县令不明就里，也跟在后面。

到了破庙，白季鲁一眼就看到躺在墙角的师母。白季鲁大喊一声："师母。"跑过去，跪在师母身边，连磕三个头，然后抱住师母，说："师母，你怎么住在这里啊？"

师母正在重病中，看到是白季鲁，精神为之一振，说："孩子啊，你安全地回来了。"

白季鲁说："师母，我中了状元，而且还是皇帝钦点的一甲第一名呢。"

之后，白季鲁了解到自己盘缠的来历，更加觉得师母的伟大。县令在一旁听到事情的真相，就让手下将自己家的后院打扫出来请状元母子去居住，并请来县里最好的郎中为师母治病。

第二天，县中商贾大户联合起来，在县里最好的酒楼大摆宴席，欢迎状元凯旋。县令在宴席上请白季鲁为大家讲几句，白季鲁看到座中有很多人都是当年对自己和师母不理不睬、不闻不问的人，心中想起往事，觉得对不起师母，就说："我是一个穷苦的孩子，多亏王先生、师母的养育和教诲才有了今天。如今这一切，就像是做了场梦。我现场做个对联，就算是自己心情的一个表达吧。上联是'忆当年，一贫如洗，缺柴缺米，谁肯雪中送炭？'；下联是'到今朝，独占鳌头，有酒有肉，都来锦上添花'。"

座中人听罢，有的低下了头，有的转过了身，有的羞红了脸。白季鲁看到众人沉默，就深施一礼，然后大步离开酒楼。

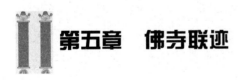

第五章　佛寺联迹

一、陕西扶风法门寺

法非法非非法舍非非法；
门无门无无门入无无门。

法门寺，位于陕西省宝鸡市扶风县北法门镇。如今的法门镇始建于2002年，由原法门镇、建和乡、黄堆乡合并组成，总面积100余平方公里，人口7万余，法门寺是该镇的主要旅游资源之一。该寺始建于东汉末年，距今已1700余年，寺内供奉有佛祖舍利，每年吸引150余万国内外宾客前来参观。除佛骨舍利外，法门寺还出土了一批唐朝稀世珍宝，被称为兵马俑之外的"陕西第二大奇迹"。

前联题于法门寺大雄宝殿前檐左右立柱上，由著名国学大师、书法家文怀沙先生手书。上联应读为："法，非法，非非法，舍非非法。"意思是：肯定法，否定法，再肯定法，最后否定法。《金刚经》说："法尚应舍，何况非法。"下联的读法是："门，无门，无无门，入无无门。"佛家称："法门无量。""法门"是佛家修行的方法。

朝奏九重，夕贬潮州，小智韩愈，徒兴拔舌萤火谤；

夜升几率，昼降阎浮，大觉慈尊，永留灵骨慧日明。

走入大雄宝殿，就见上面这副楹联。这副楹联讲的是韩愈与佛骨舍利的故事。公元819年正月初八，唐宪宗李纯派太监杜英奇率领宫中三十人，带着供品和鲜花，来到法门寺，迎接佛骨舍利到长安。佛骨在宫中供奉三天后，恭送到长安城内各寺院轮流继续供奉。长安城内，上至王公大臣，下至平民百姓，趋之若鹜，无不顶礼膜拜。时任刑部侍郎的唐代文学家韩愈，看到满城为仅寸余的佛骨疯狂，不以为然，大呼荒唐，于是，写了《论佛骨表》一文上奏皇帝李纯。

韩愈说："天子大圣，犹一心敬信；百姓何人，岂合更惜身命！焚顶烧指，百十为群，解衣散钱，自朝至暮，转相仿效，惟恐后时，老少奔波，弃其业次。若不即加禁遏，更历诸寺，必有断臂脔身以为供养者。伤风败俗，传笑四方，非细事也。"

韩愈的意思是："圣人般的天子尚且一心一意敬信佛，老百姓是何等人物，岂可吝惜生命？于是，他们焚灼头顶和手指，百十人聚在一起，施舍衣服钱财，从早到晚，生怕落在别人的后面。无论老幼，均为佛骨奔波，忘了他们的本职工作。如果不立即加以禁止，佛骨到各寺院供奉时，就会有人砍掉自己的胳膊和割下自己身上的肉来贡献给佛。这样伤风败俗的事，一定会成为笑话，不是小事。"

李纯看罢，大怒，命人将韩愈推出去问斩。多亏朝中大臣苦苦求情，李纯才消了些气。但死罪可免，惩罚不可免。李纯下令将韩愈贬至广东潮州任刺史。

韩愈被贬当天，从长安出发，前往潮州上任。经过陕西蓝田关时，侄孙韩湘赶来送行，韩愈非常感动，写下《左迁至蓝关示侄孙湘》：

一封朝奏九重天，夕贬潮阳路八千。

欲为圣明除弊事，肯将衰朽惜残年。

云横秦岭家何在？雪拥蓝关马不前。

知汝远来应有意，好收吾骨瘴江边。

从此诗中前两句"朝奏""夕贬"看，法门寺大雄宝殿内的对联应该是作者读过韩愈诗后而作，但作者是谁，却是谜。一年后，李纯觉得自己对韩愈的处罚有些过重，就下旨将其召回长安。

二、山东万德灵岩寺

甘露洒诸天，现清净身，说平等法；
慈航超彼岸，以自在力，显大神通。

灵岩寺，位于山东济南长清区万德镇灵岩峪中，是全国重点文物保护单位，也是世界自然文化遗产之一。该寺始建于东晋年间，距今已有1600余年历史，与浙江国清寺、南京栖霞寺、湖北玉泉寺并称为"海内四大名刹"。寺内有宋代罗汉彩塑四十尊，文化大师梁启超称之为"海内第一名塑"。

此联题于灵岩寺千佛殿。千佛殿始建于唐代贞观年间，宋、明期间重修，现存木结构建筑为明代设计。千佛殿依山而建，面阔七间，进深四间。殿内正中有金色"三身佛"，即"法身""报身""应身"，四十尊彩色泥塑罗汉像即存于此殿。

奇松尔日犹回向；
诡石何心忽点头。

第五章 佛寺联迹

93

此联存于大雄宝殿内，是乾隆皇帝游览灵岩寺时所作，横额是：卓锡名蓝。"卓锡"指灵岩寺卓锡泉；"蓝"即伽蓝的简称，意为佛寺。上联"奇松尔日犹回向"用的是"奇松回向"这个典故。传说唐时，玄奘法师去西天取经之前，弟子们不舍师父远行，问玄奘何时回来。玄奘指着身边一棵松树说："这棵松的树枝现在往西边生长。等到它往东边生长了，我就会回来。"奇松可以感知圣僧的行动，圣僧西行它送行，圣僧回家它引路。

　　下联用的典故是"诡石点头"，传说南北朝时，鸠摩罗什有一位高足名道生法师。道生法师早年研习般若，后弘扬涅槃。有一次，他读《泥洹经》，对"除一阐提，皆有佛性"感到不解。阐提指"断善根"或"信不具"的那些有执着欲望之人。道生认为阐提亦有生，怎么会没有成佛的机会呢？于是，他将自己的观点在大庭广众下讲了出来，引起众僧的惶恐，乃至反对。大家纷纷拿出《泥洹经》来主张自己的观点，谴责道生离经叛道。后经众议，将道生逐出僧团。于是，道生来到苏州虎丘隐居起来。他每天对着石头讲解自己的观点，说到精彩之处，连石头都点头同意他的观点。"生公说法，顽石点头"的典故就是这么

山东万德灵隐寺大雄宝殿内的乾隆皇帝题联

来的。

　　乾隆皇帝曾八次驻跸灵岩寺的行宫内，寺内留下他亲题的大量碑文。目前，尚有保存完好的御碑二十六通，分别存于御碑崖、卓锡泉、甘露泉和白云洞。其中卓锡泉的御碑文是：

> 泉临卓锡一亭幽，
> 万壑千岩景毕收。
> 最喜东南飘渺处，
> 澄公常共郎公游。

　　最后一句中的"郎公"指的是《神僧传》中的郎公和尚。相传，郎公和尚在泰山北岩下说法，听者千人，石头为之点头。人们将此事告诉郎公，郎公说："这座山是灵山。"

三、山西大同华严寺

> 花开见佛留心印；
> 米苴传衣续祖灯。

　　华严寺，位于山东大同市内，始建于辽代。该寺因属佛教华严宗的庙宇而得名，整体建筑分上华严寺和下华严寺两处。华严宗，又称贤首宗，为汉传佛教十三宗之一，宗依《华严经》。上华严寺内有大雄宝殿，殿内绘满壁画。壁画高六米余，面积近900平方米，规模宏大，举国罕见。此联题于寺中念佛堂北门。

　　上联的佛教故事是：释迦牟尼晚年，一心想在众弟子中找到自己的传人。一次集会上，他手持金色莲花，温柔的目光在寻找传人。他

山西大同华严寺念佛堂北门对联

看了一圈，众人面面相觑，无动于衷，不解佛意。只有大弟子迦叶，破颜为笑，释迦牟尼就将佛法传于迦叶。佛说："迦叶已来，以心映心，心心不异，印著空，即印不成文，印著物，即印不成法，故以心印心，心心不异。"这就是佛祖的"以心印心"的传法。

下联的典故是：达摩是东土禅宗的创始人，他传法的方式是"传衣钵"。米酋意为辽代贵族，这里似说不通。有人认为应该为米臼，传说六祖慧能是个捣米的和尚，米臼指的就是慧能。慧能之后，就不用传衣钵的方法了。

此联的横额是"拈花笑"。

　　　　　　　翠竹黄花圆色相；
　　　　　　　清池皓月净禅心。

此联在寺内念佛堂南门，横批是"击竹间"。"击竹间"的典故是：从前，有个不信佛教的婆罗门，对佛心怀嫉妒。人们告诉他，佛的身高达一丈六。他不信，就用竹杖量，谁知竟然超过一丈六。婆罗门大怒，将竹杖击打敲碎，远远抛到山间。令人惊奇的是，竹杖到了山底，竟然长出一片竹林。

下华严寺称为"薄伽教藏殿"，意思是佛教的经藏殿。"薄伽"是印度梵文，意思是"佛"，这里指专门存放佛经的殿堂。殿中央的三座莲花宝座上，供奉着三世佛，即"过去佛""现在佛""未来佛"。四周还有三十一尊辽代佛像雕塑，其中一尊是被郭沫若称赞的"中国露齿佛像的佼佼者"。她上身微裸，长辫垂肩，体态优美，双脚光着站在莲花宝座上。

山西大同华严寺念佛堂南门对联

相传，辽代皇帝命一个雕塑师塑造一个半裸的女佛。雕塑师是个未婚的男子，由于未见过女体，非常发愁。房东早就喜欢小伙子的老实忠厚，看见他愁眉苦脸的，便问了一句。了解到小伙子的苦衷后，房东对着小伙子的耳朵说了几句话，小伙子红着脸频频点头。房东把自己的女儿叫来，让俩人成了亲。于是，小伙子用自己的老婆当模特，完成了任务。只是他无意中竟然将女佛塑造成了露齿的形态，这是佛教所不许的。可是第二天皇帝就要来参观，这让管理华严寺的官员非常紧张和害怕，于是他们将此雕塑放在最不起眼的角落里。谁知，皇帝看了半天，却在露齿塑像前站住了，而且还开心地笑个不停，连说："这个好，这个好。"官员这才如释重负，松了口气。

四、四川峨眉伏虎寺

宿世身金粟；

初因社白莲。

此联由清康熙皇帝题于四川峨眉山伏虎寺离垢园。伏虎寺，非寺实庵，是一座实实在在的尼姑庵，始建于五代前蜀时期的晋代。伏虎寺于清顺治八年（1651）重修，寺庙纵横交错，错落有致，占地过百亩，建筑面积十余万平方米。离垢园位于寺中，因屋顶常年不存一片树叶而得名。

相传，康熙皇帝闻知伏虎寺内有棋艺超群的高僧，在游览峨眉山途中，顺路拜访，与其切磋棋艺。谁知棋下了一半，寺中忽然刮起一阵怪风，将屋顶树叶吹落，盖住了康熙皇帝的茶杯。康熙皇帝大怒："朕来此地已久，风神竟迟迟未来迎接。罚此处风神驻守伏虎寺东、南、西、北四方，不得让浮尘落叶掉入寺中，惊扰高僧参佛。"从

四川峨眉山伏虎寺离垢园

此，伏虎寺的正殿屋顶竟然再也没有一片树叶落下来。

此联出自康熙皇帝作的一首五律，全诗是：

> 宿世身金粟，初因社白莲。
> 瞻依神八万，接引路三千。
> 果结菩提树，池分阿耨泉。
> 无生能自悟，雨似散花天。

除了康熙皇帝对联之外，伏虎寺还有很多名人名家的题联。清代诗宗张问陶（船山）曾为伏虎寺题联：

> 诗称孟六文欧九；
> 家在湖东屋瀼西。

中国共产党早期革命家、教育家吴玉章是四川荣县人，1919—1924年期间，曾在四川成都活动，任成都高等师范校长等职。他曾为伏虎寺题联：

艺为人民方有用；
诗称圣哲岂无因。

朱德元帅是四川仪陇县人，1964年他访问伏虎寺的时候，曾应邀为伏虎寺赠诗一首：

离垢园内净无尘，轻风旋舞扫浮云。
林木深深藏古寺，山溪流水似琴声。

朱德元帅还为伏虎寺题联一副：

幽谷多俊秀；
草木尽峥嵘。

陈毅元帅是四川乐至人，也曾为伏虎寺题联一副：

云卷千峰集；
风驰万壑开。

明代进士安磐，字公石，又字松溪，四川嘉定人（今乐山）。明正德年间，曾任吏科给事中、兵科给事中，直言敢谏，是"嘉定四谏"之一。著有《颐山集》《颐山诗话》《易慵奏义草》和《游峨集》等，安磐曾为伏虎寺题联一副：

四川峨眉山伏虎寺

未到上方三界阔；
已看幽壑万云低。

　　明代万历年间高僧破山明，俗姓蹇，名海明，号旭东，四川大竹县人。1623年赴浙江宁波天童寺拜密云为师，尽得其传。1632年回川，住梁平县太平寺。破山明精通佛法，诗书画俱佳，与当时四川文人墨客、高官巨贾多有往来。1667年圆寂。著有《破山禅师语录》，他曾为伏虎寺题联一副：

悬佛日于中天，光含大地；
灿明珠于性海，影彻于方。

五、江西庐山秀峰寺

秀夺江山云拥寺；
峰连壶峤碧摩天。

此联是民初萍乡人刘洪群所题。"庐山风景在山南，山南风景数秀峰"，秀峰是庐山的香炉峰、双剑峰、文殊峰、鹤鸣峰、狮子峰、龟背峰、姊妹峰等总称。秀峰寺，位于庐山南麓的星子县境内的鹤鸣峰下，原名开先寺，始建于南唐。南唐中主李璟还是太子的时候，有一次游览秀峰，沉醉于美景，在此驻台读书。秀峰寺至今还有李璟读书台遗迹，可惜台已废。李璟即位数年后，在此地建寺，名为开先寺。

唐代诗仙李白的"日照香炉生紫烟"说的就是秀峰中的香炉峰。清康熙四十六年（1707），康熙皇帝手书"秀峰寺"赐予寺僧超渊，该寺遂改名。

超渊，法号心壁，字超渊。他接掌秀峰寺后，立《丛林共住规约》十条：一、敦本尚德；二、安贫乐道；三、省缘务本；四、奉公守正；五、柔和忍辱；六、威仪整肃；七、勤修善业；八、直心处众；九、安分小心；十、随顺规志。超渊治寺有术，秀峰寺香火大盛、名播千里。繁盛时，寺内有天王殿、弥勒殿、韦驮殿、藏经楼、大雄宝殿、御书楼、宝墨亭等建筑。

康熙四十二年（1703），皇帝亲至秀峰寺。在读书台上，康熙皇帝亲书《心经》一卷，命江西巡抚张志栋送往寺内供奉。秀峰寺有御碑亭，碑文是康熙皇帝御书南朝著名文学家江淹的《从冠军建平王登庐山香炉峰诗》和唐代大诗人王勃的《滕王阁序》。可惜，御碑在咸丰年间毁于兵乱。

御书楼位于弥勒殿后，由江西巡抚朗廷建造。所藏御书为康熙皇帝"秀峰寺"手迹、时任东宫太子胤礽手书"洒松雪"手迹、康熙皇帝御赐赵孟頫《法云渡海图》，以及前述《心经》等。如今，御书楼和这些宝物已经不复存在。

目前，寺内有三圣殿、大雄宝殿等建筑，还有十六尊缅甸玉佛。

潭中龙蓄千家雨；
户外峰高一指禅。

此联题于秀峰寺大门，作者是清代举人曹龙树。曹龙树，字松龄，号星湖，江西星子人，乾隆辛卯年（1771）举人。曹举人还为秀峰寺作过一联：

观玉峡泉飞，到谈深时，分明飘一溪花雨；
爱炉峰烟袅，每心清处，仿佛闻几阵妙香。

早前，秀峰寺大门有哼哈二将两尊塑像和禅堂昆庐佛像。如今也荡然无存。还好现代著名历史学家、方志学家吴宗慈著有《庐山志》一书，可以让我们从书中所记，想象秀峰寺过去的辉煌。

六、浙江舟山普济寺

圣迹著迦山，万里生灵皆乐育；
佛光腾海岛，千年潮汐静波涛。

此联题于普济寺牌坊。普济寺，俗称前寺（法雨寺为后寺），位于浙江省舟山市普陀区白华顶灵鹫峰南麓，始建于后梁贞明二年（916），后被毁。1689年，康熙皇帝南巡至此，下令重修普济寺，并御赐匾额"普济群灵"。普济寺占地近三万平方米，有石牌坊、照壁、御碑亭、八角亭、瑶池桥、莲池（海印池）等建筑，沿寺内中轴线从南到北依次有山门、天王殿、大圆通殿、藏经楼、方丈殿等。

五朝恩赐无双地；
四海尊崇第一山。

此联题于山门。上有"普济禅寺"匾额，为中国佛教协会会长赵朴初先生于1987年亲题。"五朝"指唐、宋、元、明、清。殿内有康熙皇帝御碑，上书《补陀洛迦山普济禅寺碑记》。山门只有极尊贵的客人到访才会打开。据说山门不开的原因是乾隆皇帝南巡普陀时，山门未开，乾隆皇帝一怒，将其永久封闭。还有一说是观音菩萨同五百罗汉斗法，罗汉不敌观音，但常来骚扰。观音不胜其烦，命将山门紧锁。

浙江舟山普济寺

慈颜含笑笑天下可笑之人；
大腹可容容世间难容之事。

此联题于天王殿内。天王殿，即金刚殿，面宽五间，进深四间。正中盘坐一光头、笑脸、袒胸的弥勒佛。他手中的布袋，据说可以将天下苦难都装进去。

航海朝普陀，遍值斋供千僧，蒙老比丘施我，古铜佛像，想是应真阿罗汉；
梯山礼大士，喜游驰名两刹，趋观音洞看他，妙相分形，露出趺坐紫金身。

此联是江西居士彭大融所作，题于大圆通殿内。此殿是普济寺正殿，相当于其他寺庙的大雄宝殿，也称观音殿。该殿高二十余米，宏伟壮观，内供奉高近九米的毗卢观音像，左右各坐十六尊观音应身塑像。彭大融何许人也，为何能留长联于此殿呢？

浙江舟山普济寺大圆通殿

据说，民国十七年春，江西居士彭大融来普陀山进香，他知道未成佛道要先结人缘；更知道在三宝门中要广种福田。普陀山有个传说，凡是有斋主上山进香，如果供奉千僧大斋，必定有一位罗汉降临应供。不过罗汉到此，都是隐身或混入凡人，普通人是看不到的。彭大融虔诚礼佛，又家资千万，于是出手"一堂千僧大斋"，就是给一千人的正餐买了单。谁知心诚则灵，心诚佛临。彭大融居然在普济寺遇到真罗汉，而且还赠他一尊古铜佛像。事后想找罗汉，却不见其踪影。于是彭大融撰此长联感恩。彭大融在跋文中，还亲自回忆了当时的情景：

"饭僧后，念佛到大圆通殿，大融在门首，迎接诸僧，忽一老比丘交我古铜圣像一尊，仰目视人，弗见踪影，想系阿罗汉现身示法也。"

大圆通殿东侧是文殊殿，西侧普贤殿。文殊殿供奉应化于五台山的文殊菩萨；普贤殿供奉应化于峨眉山的普贤菩萨。

> 偶尔受持，胜六二河沙菩萨；
> 刹那称念，等百千亿兆如来。

此联题于普门殿。大圆通殿后面是法堂，法堂东侧，为普门殿，殿里供奉千手千眼观世音菩萨。上联的意思是：偶尔学习修行一次，胜过供养62亿恒河沙菩萨。下联的意思是：一次称念，等于供养千百亿兆个如来佛。

> 忉利会上集无量分身，亲受佛嘱；
> 九华峰巅展一衣覆地，永留其迹。

此联题于地藏殿内。法堂西侧是地藏殿，供奉应化于九华山的地藏王菩萨。上联的"忉利"即"忉利天"，是指佛教世界中欲界的第二层天，因有33个天国而得名，也称33天。《地藏经》的第二品是分身集会，讲的是地藏菩萨分身在无量无边的世界，由一化为无穷。释迦牟尼也讲："吾亦分身千百亿，广设方便。"

普济寺是普陀山的佛教活动中心，一切重大佛教活动均在此举行。每日到此地进香的善男信女络绎不绝，不愧"第一佛国"之称。

七、湖北武汉归元寺

> 有缘山色来禅寺；
> 无限风光入翠微。

湖北武汉归元寺

此联是现代联家白稚山题于归元寺山门。归元寺，位于湖北武汉市内，始建于清顺治十五年（1658）。归元就是归真、归本，取自《易经》"元者善之长也，乾元资始，坤元资生，而易行其乎其间，此万法归一"和《楞严经》"归元性无二，方便有多门"。

五观长存千金易化；
三心未了滴水难消。

此联题于归元寺斋堂。斋堂，即归元寺的食堂。可不要小瞧这斋堂，如今归元寺的隆印方丈，便是从一个斋堂里的烧火小和尚，一路做到第四十九任方丈的。上联的"五观"是指佛教中的"食存五观"，即学道者吃饭时，要观想：计功多少，量彼来处；忖己德行，全缺应供；防心离过，贪等为宗；正事良药，为疗形枯；为成道业，故受此食。下联"三心"是指观无量寿经的"一者至诚心，二者深

湖北武汉归元寺大雄宝殿

心，三者回向发愿心。具三心者，必生彼国"。

　　　教有万法，体性无殊，不可取法舍法非法非非法；
　　　佛本一乘，根源有别，故说下乘中乘上乘上上乘。

　　此联题于大雄宝殿外。大雄宝殿于1908年重修，殿中供奉着释迦牟尼坐像，两侧为其弟子阿难和迦叶的雕塑。

　　　见了便做，做了便放下，了了有何不了？
　　　慧生十觉，觉生十自在，生生还是无生。

　　此联题于藏经阁。藏经阁建于清康熙八年（1669），后毁于战火，1888年重建。藏经阁为二层五开间的楼阁式建筑，高20米，占地

湖北武汉归元寺藏经阁

400平方米。藏经阁内有很多珍贵文物，如佛像、法物、石雕、木刻、书画、典籍等。

> 大罗福地；
> 广何阳春。

> 自白光开创以来，祖德灵长，迄今三百余年，重新广厦供罗汉；
> 历同治中兴而后，人心沉溺，愿将二十八品，普济群生将法华。

前述二联题于罗汉堂。罗汉堂是归元寺南院的主体建筑，始建于清道光年间。咸丰年间毁于战火。同治年间重修。堂内有五百罗汉雕塑，各有特点，惟妙惟肖。

归元寺是中国著名的禅寺，旅游界有"上有宝光，下有西园，北有碧云，中有归元"之说法。

八、甘肃兰州浚源寺

人地山河，造成乐土；
满林风月，来扣禅关。

我来敲不二法门，催座上菩提，快拔众生登彼岸；
佛既辟大千世界，种人间烦恼，莫耽独乐到名山。

以上二联由刘尔炘题于浚源寺山门。浚源寺，又名崇宁寺，位于

甘肃兰州浚源寺

兰州市五泉山，始建于元朝。后毁于战乱，该寺几建几废。1919年，刘尔炘出面捐资重建，寺内结构也做了大规模调整。刘尔炘（1864—1931），字又宽，号晓岚，兰州人。光绪己丑科（1889）进士，授翰林院庶吉士、编修。在京三年后，辞职归故里，初任五泉书院主讲，再任甘肃高等学堂总教习。他创办了兰州市的第一所小学校，还主持过一些学社、讲习所等机构。兰州很多名胜古迹都有刘尔炘的题联，所以到兰州旅游，这个名字一定要记住。

> 要扫除人地群魔，法为须知王将将；
> 忽现出诸人神勇，佛心不是老婆婆。

> 有形骸便万斗争，虽寂天禅宗，杖剑持矛仍用武；
> 无色相应无护王，愿慈悲佛千，韬戈卷甲倡消兵。

以上二联由刘尔炘所作，题于浚源寺金刚殿。金刚殿是浚源寺内历史最悠久的建筑，距今已有600余年。殿内原有四大金刚塑像，如今不复存在。

> 救人于百千万亿劫中，是为宏愿；
> 出世到二十八重天上，才算真空。

> 从皓月光中，听滴滴流泉，但觉天机皆活泼；
> 在红尘影里，看茫茫苦海，虽无人相也慈悲。

> 在莲花台上，看那天地间，无量数众生，原来如此！
> 向贝叶经中，悟没文字处，不能言妙谛，再有什么？

以上三联为刘尔炘所作，题于浚源寺大雄宝殿。大雄宝殿内供奉着释迦牟尼像，该像塑于1989年。此外，还有药师佛、阿弥陀佛、迦叶、阿难、韦驮菩萨、十八罗汉等像。

　　未能拔尘海中历劫众生，同向人间游乐土；
　　莫若修神境内妙明慧业，别从世外造天堂。

此联是刘尔炘为浚源寺地藏殿所作。地藏殿位于大雄宝殿西侧，内中供奉木质地藏菩萨、文殊菩萨、普贤菩萨。

　　学如来到无挂无碍，便超万劫轮回，真个能超方脱俗；
　　闻菩萨发大慈大悲，要度众生苦厄，而今不度待何时？

此联由刘尔炘题于浚源寺观音殿。大雄宝殿东侧为观音殿，殿内供奉汉白玉观音像一尊，高近两米，重达两吨。

　　洞悉婆娑国土，是梦幻泡影，一霎那四人皆空，何如皈依我佛；
　　应知极乐乾坤，无生离死别，亿万世六尘不染，谨以奉劝他人。

此联是为金刚殿接引佛而题。接引佛是浚源寺的镇寺之宝，为铜质，高五米余，有600余年的历史。

　　兰州市的寺院很多，有嘛尼寺、睡佛寺、地藏寺、福泉寺、白衣寺、金山寺、普照寺、崇庆寺、千佛阁、白塔寺、菩萨殿、法云寺等，每个寺内都有很多精彩的楹联。

甘肃兰州浚源寺接引佛

九、台湾台北龙山寺

安海真源分北淡；
龙山灵梵冠东瀛。

此联题于龙山寺中殿。龙山寺，位于台北艋舺，即台北市西区，该地是台北市的发源地。艋舺，意为小船，指小船聚集之地。龙山寺主要供奉观音菩萨，配祀天上圣母（妈祖）、文昌帝君（文曲星）、关圣帝君（关公）。可以看出，龙山寺不是纯正的佛教寺庙，而是佛道儒众神仙的共居之地。龙山寺，始建于清乾隆三年（1738）。龙山寺近276年的历史中，命运坎坷，经历过嘉庆年大地震、同治年暴风雨，几毁几建。

台湾台北龙山寺正门

1945年"二战"期间，台湾被日本占领。盟军作战飞机轰炸台北，全寺被毁。令人惊奇的是，观音菩萨像依然端坐于莲台上，一时传为神迹。1953年，龙山寺重修，保持至今。

龙山寺占地面积近6000平方米，坐北朝南，平面呈"日"字形。由前殿、正殿、后殿的三进院落组成，观音菩萨供奉于正殿，妈祖庙、文昌祠、武圣庙均在后殿。

台湾台北龙山寺正门，清楚可见施乾所作对联

地可布金，窃愿芸庶众生，同参功德水；
寺留净土，即此皈依一念，合登忉利天。

此联是施乾所作，题于龙山寺前殿。施乾（1899—1944），台湾淡水人。台湾慈善组织爱爱寮的创始人。

为粤海支流，派接安平，普渡慈航超万劫；
占东瀛胜地，灵钟文甲，重修宝刹开三摩。

此联是蔡谷仁所作，题于龙山寺前殿。蔡谷仁，字乃赓，号澍村，台湾人。他擅长诗词，常与友人吟诗唱和，曾创办"精一国学社"。福建泉州西资岩寺中殿"西资古地"匾额即为蔡谷仁墨宝。

建刹号龙山，我佛声灵同覆载；

修真传崔寺，如来血统永春秋。

此联是林搏秋所作，题于龙山寺前殿。林搏秋（1920—1998），原名林抟秋，台湾桃园人，台湾著名电影人，被誉为"台湾电影先行者"。代表作有《阿三哥出马》《错恋》等。

艋舺渡慈航，鸿海不波登彼岸；

巍峨崇梵殿，龙山有寺盖诸天。

佛地涌金莲，世界如来，花叶香流堑北；

祖灯传宝筏，迷津苦海，梯航慈济瀛东。

以上二联由黄希文题于龙山寺正殿。黄希文，字哲纯，台北艋舺人。他能文能武，是光绪元年（1875）的武举人。光绪十年（1884），中法战争爆发，法军攻台湾、澎湖。黄希文随刘铭传办理台湾军务，转战基隆、淡水，获都司职。刘铭传病离台湾时，黄希文留台未迁。后终日以读书写字为乐，尤以撰写楹联为好，台北龙山寺和祖师庙都有其联迹。

生慈悲一念，俾吾民共乐和亲，祥光普照东海日；

愿俎豆千秋，到此地同生欢喜，法华时行南山云。

此联是洪毓琛所作，题于龙山寺正殿。洪毓琛（1813—1863），字琢崖，号润堂，山东临清人，回族。道光二十一年（1841），洪毓琛中辛丑科二甲进士，任翰林院庶吉士，1860—1861年间任福建台湾府知府，同治元年（1862）任福建台湾道兼提督学政、按察使衔分巡台湾兵备道。次年，卒于任内。下联"俎豆千秋"，意为"世世代代受人供奉"。

> 是大慈悲能自在；
> 惟空色相更庄严。

此联是魏清德所作，题于龙山寺正殿。魏清德，字润庵，台湾新竹人。1926—1953年，任瀛社副社长；1953—1964年，任瀛社社长。瀛社是台湾传统诗社，成立于1909年，与栎社、南社并称为台湾日治时期三大诗社。2005年正式立案，改名为台湾瀛社诗学会。

> 湄坞钟灵，东瀛咸沽圣德；
> 龙山崇祀，四海永庆安澜。

此联题于龙山寺后殿妈祖庙，作者不详。

> 文运宏开，奎璧联辉征气象；
> 昌期际合，云霞绚缦兆升平。

此联题于龙山寺后殿文昌祠，作者陈伯樵，履历不详。

龙山寺的正门只有在节庆祭典时才打开，平时参观要从寺左门入，右门出。进到寺内，可以看到很多善男信女在虔诚膜拜、诵经念佛。寺外还有很多地方风味小吃摊，让这里成为台北市民和游客休闲娱乐的最佳场所。

台湾台北龙山寺妈祖庙

十、江苏南京灵谷寺

昔具盖世之德；

今有罕见之才。

此联是南京灵谷寺住持和尚所作，也是与灵谷寺有关的最著名的一副对联。1940年3月，汪精卫的汪伪政府成立典礼正在筹备中。伪南京市警察厅长申省三为讨好汪，便前往灵谷寺请住持和尚为汪写副贺联。住持和尚，即传说的灵谷老人，稍加思考，提笔写就此联，交与申省三。汪精卫收到贺联后，非常高兴，挂在墙上，仔细欣赏品味。汪精卫的老婆陈璧君看到后，非常生气，让汪精卫立即将对联取下焚毁。汪精卫不解，陈璧君就说："盖世就是该死；罕见就是汉奸，这是在骂你啊。"汪精卫大怒，命人将灵谷老人抓起来关入拘留所。民众对灵谷寺的高僧被捕非常气愤，纷纷抗议。汪精卫无奈，将灵谷老人释放，但派兵将灵谷寺"保护"起来，不让游客进入。

灵谷寺，位于江苏南京中山陵东，原名十方禅院、蒋山寺，始建于南朝梁天监十三年（514），是梁武帝为安葬名僧宝访而建。寺内有大门、无量殿（无梁殿）、牌坊、照壁、灵谷塔等建筑。

江苏南京灵谷寺

予意云何云何法；

我闻如是如是观。

此联是侯度题于灵谷寺。侯度（1851—1874），自号断指生，安徽和州人，书法家，尤以草书见长。

万里神通，渡海遥分功德水；

六朝都会，环山长护吉祥云。

此联是曾国藩所作，题于灵谷寺龙神庙。曾国藩任两江总督时，督署设在江宁，即今南京。1867年5月，南京天气燥热，久旱无雨，

江苏南京灵谷寺龙神庙

百姓生活受到严重影响。当时，遇有旱灾，上至皇帝，下至知县，都要带领群众祈雨。曾国藩也不例外，但几天时间过去，老天滴雨未下。一天，曾国藩早上到灵谷寺祈雨，可是到了晚上，老天依然没有动静。他想，一定是自己得罪了老天，触犯了神灵，于是不断谴责自己。谁知凌晨时分，天降大雨，大地滋润，缓解了多日的旱情。曾国藩说："此水是八功德水啊。"八功德水即一清、二冷、三香、四柔、五甘、六静、七不饐、八不蠲馑。于是就为灵谷寺作了此联，还赠给灵谷寺四千两黄金为修缮费用。

灵谷寺公园内，还有邓演达墓、谭延闿墓和阵亡将士纪念塔即灵谷塔，是到南京旅游的必选之地。

第六章　名祠名联

一、华北地区名祠联

> 云归大海龙千丈；
>
> 雪满长空鹤一群。

此联题于北京颐和园广润灵雨祠。广润灵雨祠，俗称龙王庙。它原是西湖东界长堤上的龙神祠，乾隆时期掘堤拓湖时，在湖四周留下土地，形成南湖岛。同时，龙神祠重修，易名为"广润祠"，作为祈雨之所。此地求雨，百求百验，乾隆皇帝遂亲笔题赐名"广润灵雨祠"，并题写此联。笔者查阅《清高宗实录》，得知乾隆皇帝赐名的准确日期是乾隆六十年四月乙酉日，即1795年6月15日。这一天

北京颐和园广润灵雨祠上联"云归大海龙千丈"

的《清高宗实录》记载："上诣广润祠谢雨。增号广润灵雨祠。"这年，乾隆皇帝85岁。

乾隆皇帝说："朕昨日亲诣广润祠祷雨，夜间即获甘霖，本日亲往虔谢。"原来，乾隆皇帝6月14日去广润祠祈雨，当天晚上北京城就下起了雨。乾隆皇帝非常高兴，15日特意前来谢雨。当天，乾隆皇帝还去了玉泉山的龙王庙谢雨。做了太上皇帝后，乾隆皇帝还曾三次去广润灵雨祠祈雨。

雷潜九地声元在；
月挂千山魂再明。

北京文天祥祠正门

此联题于北京文天祥祠。文天祥祠，又称文丞相祠，位于北京市东城区府学胡同63号，原是囚禁文天祥的土牢。祠堂由大门、过厅、堂屋三部分组成，占地600平方米。室内屏风正面有毛泽东手书"人生自古谁无死，留取丹心照汗青"14个字，背面书有文天祥《正气歌》全文。祠堂后有一南倾45度角的枣树，相传为文天祥亲自栽种。枣树向南倾，表达了文天祥"不指南方誓不休"的心愿。

除北京文天祥祠外，浙江温州江心屿有江心寺、广东深圳南山区南头城、江苏南通东华塔陵园等地，还有多处文天祥祠，可见中国人民对英雄的热爱和怀念。

起八代衰，自昔文章尊北斗；

兴四门学，即今俎豆重东郊。

此联题于北京国子监韩愈祠，作者法式善。韩愈祠原在北京安定门内，元明清时期为翰林院礼部国子监所在地。祠仅屋一间，今已不存。

法式善（1753—1813），字开文，号时帆、梧门，乾隆四十五年（1780）进士，官至日讲起居注、侍讲学士。法式善工五言律诗，著述颇丰，有《清秘述闻》《存素堂诗集》等著作传世。

上联借用苏轼赞韩愈"文起八代之衰"句，誉韩退之为文坛北斗。下联的"四门学"指古代于四门建学，设四门博士。"东郊"指学校，这里指国子监。

纪念韩愈的地点全国主要有三处：河北昌黎五峰山韩文公祠、河南孟州韩愈陵园、广东潮州韩愈祠。

三疏流传，枷锁当年称义士；

一官归去，锦衣此日愧先生。

此联题于北京杨忠愍（mǐn）祠，作者江春林。杨忠愍祠位于北京市宣武门内西单东侧旧刑部街，现已不存。杨忠愍（1516—1555），名继盛，号椒山，因向嘉靖帝弹劾严嵩被削职下狱，后被处斩。杨继盛死后七年得到平反，明穆宗追赐，赠谥号忠愍。江春林是清代人，但简历不详。

河北保定原有两处杨继盛祠，如今一处（金线胡同）商用，一处（皇华馆街）破败。想起英雄当日慷慨就义，后世却如此荒凉，不胜唏嘘。

因果证殊难，看残棋局光阴，试问转瞬重来几见种桃道士；
黄粱炊渐熟，阅遍枕头世界，乐得饱餐一顿作成食饭神仙。

此联题于河北邯郸吕仙祠。吕仙祠，位于河北邯郸市北黄粱梦镇，始建于宋代。明清时期，多次重修。吕仙祠占地一万余平方米，房舍百余间。此祠是根据唐人沈既济的小说《枕中记》"黄粱一梦"的故事所建。

相传唐开元年间，道士吕公来到邯郸黄粱，与卢生同住在一家旅店。店家为他们蒸黄粱米饭，饭还未熟，卢生已经入睡。吕公见卢生这样，就拿出一个枕头给他用。卢生枕上后，梦见自己回到家，娶了媳妇，中了举人，还成了节度使，飞黄腾达30余年。梦醒后，店家的黄粱饭还未煮熟。

吕仙原指故事中的道士吕公，后经几百年的演义，吕仙成了八仙中的吕洞宾。如今，吕仙祠内就建有吕祖殿。

义烈重桃园一代君王扶社稷；
勋名昭竹帛千秋英灵佐神州。

此联题于河北涿州市三义宫后殿。三义宫位于涿州市楼桑庙村，始建于隋代，重建于唐乾宁四年（897），后世金、元、明、清曾多次重修。三义宫占地面积近3万平方米，坐北朝南。"文革"期间，三义宫被毁，现在的建筑均为1996年重建。三义宫由山门、马神殿、关羽殿、张飞殿、正殿、武侯殿等建筑组成，规模宏大，气势雄伟。

　　　　圣德著千秋，维其嘉而维其时，精神不隔；
　　　　母仪昭万世，于以盛而于以奠，灵爽堪通。

　　此联题于山西太原晋祠献殿。晋祠位于太原市西南郊悬瓮山麓，始建于北魏前。晋祠是为纪念周武王的次子叔虞而兴建，故有唐叔虞祠之称。悬瓮山为晋水之源，晋祠因此得名。晋祠整体建筑主要有唐叔虞祠、圣母殿、水母楼、献殿、关帝庙、文昌宫、唐碑

山西晋祠正门

亭、松水亭等。祠内每个建筑都有各自的楹联，此处篇幅所限，只能介绍四副。除了楹联，晋祠内尚有历代文人墨客的碑碣300余篇，其中"贞观宝翰"亭中《晋祠之铭并序》碑文乃唐太宗李世民亲自撰文并书写。

文章千古事；

社稷一戎衣。

此联题于山西太原晋祠唐碑。唐碑即前文所说的李世民亲撰的《晋祠之铭并序》，计1203字。碑文记载距唐朝千年前的周朝政治及唐叔虞立国政策的"古事"。

悬瓮山高，碧玉一湾分晋水；

剪桐泽远，慈云千古荫唐村。

此联题于晋祠圣母殿中门。圣母殿是为供奉姜子牙女儿、周武王妻子、周成王母亲邑姜，于北宋天圣年间始建。

唐国封桐七百年，功存王室；

晋渠水灌三千顷，泽及生民。

此联题于晋祠唐叔虞祠。虽然晋祠古称唐叔虞祠，但如今的唐叔虞祠却仅是晋祠的一小部分而已。

二、华东地区名祠联

手奠东南几行省百战功高，惟兹海国一隅，是萧相关中、寇恂河内；

身系安危数十年千秋庙食，试写丰碑万遍，记裴公入蔡、元凯平吴。

此联题于上海李文忠祠，作者盛宣怀。李文忠即李鸿章，文忠是他的谥号。上海李文忠祠，位于上海市长宁区复旦中学内，始建于1904年，由盛宣怀筹资督建。祠堂的主体建筑为享堂，即丞相祠堂，建筑面积300平方米，现为上海复旦中学校史馆。

盛宣怀（1844—1916），字杏荪，号愚斋，江苏武进（今常州市）人，清末邮传大臣。他也是官办商人，被誉为"中国实业之父""中国商父"。李鸿章办理洋务时，盛宣怀是其幕僚。上联"萧相"指的是刘邦的丞相萧何；"寇恂"是汉光武帝时的河内太守。下联"裴公"指的是讨伐淮蔡的唐宪宗手下中书侍郎裴度；"元凯"是晋人杜予。

满堂花醉三千客；
一剑霜寒四十州。

此联是孙中山先生为自己故居的自题联。上海孙中山故居，位于香山路7号。中山先生与夫人宋庆龄女士于1918年至1924年间在此居住。故居为欧式洋楼，占地千余平方米，建筑面积近500平方米。楼下是客厅和餐厅，楼上是书房、会客厅和卧室。孙中山在此曾会见过许多中国革命的重要人物，如李大钊、陈独秀、马林等。

春随香草千年艳；

人与梅花一样清。

　　此联题于江苏江阴徐霞客故居崇礼堂，出自徐霞客《题小香山梅花堂诗》，为现代书法家沈鹏手书。徐霞客（1587—1641），名弘祖，字振之，号霞客，江苏江阴人。徐霞客博览群书，足迹遍及16省，是中国国土考察的先驱。徐霞客故居位于江阴市马镇，内有罗汉松、晴山堂、崇礼堂、徐霞客墓、胜水桥等建筑。故居为明式建筑，门厅匾额"徐霞客故居"为陆定一题写。晴山堂内有76块石刻，镌刻着历代名人为徐霞客所写的墓志铭、传记等文章。徐霞客留给后代的精神遗产中最重要的就是《徐霞客游记》，这部60万字的著作，是中国古人求真务实、向往科学的见证。

江苏江阴徐霞客故居崇礼堂

书道如神明，落纸云烟，今古竞传八法；

酒狂称圣草，满堂风雨，岁时宜奠三杯。

此联题于江苏常熟草圣祠。草圣是唐代大书法家张旭，草圣祠就是为纪念他而建。张旭（675—750），字伯高，苏州吴县（今属江苏）人。张旭工诗书，精楷书，善草书，喜美酒，与诗仙李白等并称为"饮中八仙"。传世书帖有《肚痛帖》《古诗四帖》《郎官石柱记》《严仁墓志》《草书心经》等。《宣和书谱》说："其草字虽奇怪百出，而求其源流，无一点画不该规矩者。"草圣祠现在常熟第五人民医院内，市内醉尉街有洗砚池，相传为张旭洗砚之处。

此联为清代书法家、文学家钱泳所题。钱泳（1759—1844），字立群，号台仙，清江苏金匮（今无锡）人。他诗词书画，无不精通，而且善镌刻碑文。草圣祠里的石碑即为钱泳所刻。喜爱明清笔记的读者，一定知道《履园丛话》这部书，履园是钱泳的家，这部书是他的代表作。

奉诏班师，怅南宋偏安，结此一局；
尽忠报国，壮西湖遗迹，范我千秋。

此联题于浙江西湖岳庙门楼的前金柱上，作者不详。岳王即岳飞，南宋杰出军事将领、民族英雄。1142年，岳飞因坚持抗金、反对妥协政策，被宋高宗赵构和宰相秦桧等杀害。20年后，南宋为岳飞平反，礼葬其遗骸于今岳王庙址。1221年，南宋朝廷为岳飞建庙。

青山有幸埋忠骨；
白铁无辜铸佞臣。

浙江杭州岳王庙门楼。前面对联为张爱萍将军题写的"三十功名尘与土；
八千里路云和月"

　　此联为岳王庙旧联，也是庙中无数楹联中最出名的一个。佞臣，
指的是秦桧、王氏和万俟卨。明代浙江按察使范涞将他们三人的模样
铸成铁质跪像，放于岳飞墓前，供后人唾弃。此联现刻于岳飞墓前的
墓阙西面门柱上。

　　　　　　　　古贤至德尊三让；
　　　　　　　　吴苑雄涛溯伍胥。

　　浙江吴山伍子胥庙忠清殿。吴山在浙江杭州市西湖东南，春秋
时期为吴国西界。因山有伍子胥祠，又称胥山。伍子胥，名员，字子
胥，春秋时期楚国人。他性格刚强，有勇有谋。吴王夫差听信谗言，
误认为出使齐国的伍子胥要谋反，就派人送一把宝剑给伍子胥命其自

列。伍子胥说：“我死后，将我的眼睛挖出来置东门上，我要看着吴国灭亡。”九年后，吴国被越王勾践所灭。此联是现代书法大师启功先生的作品。

> 侧身天地成孤注；
> 满目河山寄一舟。

此联题于浙江温州宋文信国公祠大门两侧。该祠位于温州江心屿东，是为纪念著名爱国诗人文天祥而建。该祠始建于明成化年间，几经毁坏和重修，目前的建筑为晚清再造。文天祥（1236—1283），字履善，吉州吉水（今属江西）人。1276年，文天祥以右丞相身份与元军议和被扣。后在解送途中脱逃，辗转月余，到达温州，在江心居住一个月，并在寺中墙上挥笔题写《北归宿中川寺》。之后，文天祥招

浙江温州宋文信国公祠

募义兵，矢志抗元。兵败，被俘，入狱三年。其间，写下"人生自古谁无死，留取丹心照汗青"的豪迈诗句。1283年，47岁的文天祥从容就义。文天祥虽死，但他的爱国思想永远是后人宝贵的精神财富。

> 一水绕荒祠，此地真无关节到；
> 停车肃遗像，几人得并姓名尊。

此联题于安徽包公祠中堂墙壁上。包公祠，全名包孝肃公祠，位于安徽省合肥市包河公园内，是为纪念宋代著名清官包拯所建。该祠于明弘治元年（1488）始建，1882年，李鸿章筹资近3000两白银重修，增添了东西两院，并亲撰《重修包孝肃公祠记》，刻碑并立于祠后。祠内正中"色正芒寒"匾额为李鸿章兄长李翰章所题。

> 攀桂天高，忆八百孤寒，到此莫忘修士苦；
> 煎茶地胜，看五千文字，个中谁是谪仙才。

此联是林则徐题于福建福州贡院。福州贡院，位于福州市鼓楼区中山路的中山纪念堂旁，是清代福建秀才"高考"的考试场地。林则徐是福建侯官人，就是今天的福州人。他就是在这里考中举人，先后官拜两广总督、湖广总督、陕甘总督、云贵总督，成为清朝一品大臣。1828年，林父去世，林则徐请假回家丁父忧。是年正逢福州贡院大修，林则徐受托为贡院撰写了所有楹联，其中题于鳌峰亭的"苟利国家生死以，岂因祸福避趋之"更是传诵祖国各地。

> 坐里门内夕而朝，教不忘就尔事；
> 习君子言尊以遍，学莫便近其人。

此联题于福建福州鳌峰书院，作者林枝春。鳌峰书院位于福建省福州市鼓楼区鳌峰坊，始建于康熙四十六年（1707）。这年，福建巡抚张伯行出资购买了一座位于鳌峰之北的尼姑庵，将其改作书院，招各地优秀学生前来深造。书院的一把手叫山长，相当于今天的校长，此联的作者林枝春就曾做过鳌峰书院的山长。

福建福州鳌峰书院鳌峰亭及其楹联

林枝春（1699—1762），字继仁，号青圃，福建仓山林浦人。乾隆二年（1737）乡试榜眼，授翰林院编修，官至河南学政、江西学政、侍讲学士。乾隆十七年（1752）回乡，在鳌峰书院主讲八年，颇受学生爱戴。林枝春著有《青圃文集诗集》《日知录》《闻见录》等。

无丝竹之乱耳；
乐琴书以消忧。

门前学种先生柳；
岭上长留处士坟。

此二联题于江西九江陶靖节祠。陶渊明（362或372或376—427），一名潜，字元亮，号五柳先生，东晋末年南朝宋初期诗人、

江西九江陶靖节祠

文学家、散文集，今江西九江人。代表作有《桃花源记》《归园田居》《归去来兮辞》等。

陶靖节祠，位于江西九江县，距其百米有陶渊明墓。陶渊明祠面积近300平方米，中堂悬挂三块匾额，第一块为"清风高洁"匾额；第二块为"望古遥集"；第三块为"义皇上人"。"望古遥集"的立柱两侧，就是前联。"义皇上人"的立柱楹联为"运甓亦真言，气接永新垂后裔；辞官归故里，风靡高爵仰前贤"。该祠曾遭元兵毁坏，明嘉靖十七年重修。祠内有陶渊明神龛、塑像等。堂内立有《陶靖节祠祝文》《陶靖节先生祠堂记》石碑。

湖尚称明问燕子龙孙不堪回首；
公真是铁惟景忠方烈差许同心。

此联题于山东济南大明湖铁公祠。铁公祠是为纪念铁铉而建，坐落于济南大明湖西北岸，占地面积6000余平方米。铁铉（1366—1402），字鼎石，河南邓州人。明洪武年间，历任礼科给事中、山东布政使、兵部尚书。1400年，燕王朱棣发动"靖难之役"与建文帝争夺皇位。朱棣行至济南时，以弓箭投书劝铁铉投降，铁铉拒绝。朱棣怒，猛攻济南。铁铉率众拼命抵抗，相持三个月。建文帝闻报，升铁铉为兵部尚书。1401年，朱棣再次发难，自立为明成祖。攻至济南，铁铉不敌被俘。朱棣亲自审问铁铉，铁铉不降，大骂朱棣叛徒。朱棣命将铁铉舌头、耳朵、鼻子割下，投入油锅。铁铉死时，年仅36岁。

与国咸休，安富尊荣公府第；
同天并老，文章道德圣人家。

此联题于山东曲阜孔府大门，作者纪昀。孔府位于曲阜市内，是中国第一座祭祀孔子的庙宇，始建于公元前478年。孔府古建筑面积近两万平方米，主要建筑有碑亭、奎文阁、杏坛、德侔天地坊、大成

山东曲阜孔府大门

殿、寝殿等。

此联作者纪昀。纪昀即纪晓岚，是乾隆时期进士，礼部尚书、大学士。这副对联最有意思的是，"富"字上面并没有"丶"，寓意富贵无边，上不封顶。

> 赐国姓家破君亡，永矢孤忠，创基业在山穷水尽；
> 复父书辞严义正，千秋大节，事俎豆于舜日尧天。

此联题于台湾台南延平郡王祠。延平郡王是明朝桂王赐给郑成功的封号，该祠也称郑成功庙，是台湾最重要的古迹之一。

此联作者刘铭传（1836—1896），字省三，安徽合肥人。刘铭传是清代淮军将领、洋务派骨干，台湾第一任巡抚。上联"赐国姓"指的是隆武帝赐"朱"姓给郑成功的事。

三、华中地区名祠联

> 七年臣节敬能止；
> 万古天心文在兹。

此联题于河南汤阴文王庙正殿。文王庙，位于河南汤阴羑（yǒu）里。这里是殷商时期，姬昌（周文王）被囚禁的地方，也是有文字记载的中国第一座国家监狱。文王庙建于羑里遗址之上，现存建筑是明嘉靖二十一年（1542）重建。庙内有正殿、演易台、山门、演易坊等建筑。庙内还有"禹"碑一座，上刻77字，书法非符篆，非缪篆，非常奇特。姬昌在羑里被关了七年，他潜心研究，将伏羲八卦演为六十四卦、三百八十四爻，终于写成《易经》。"演易台"就是姬昌

河南汤阴文王庙正殿

演练周易六十四卦的地方。

此联作者是杨世达。杨世达,字辑五,揭阳人。杨世达在清朝雍、乾年间任河南登封、汤阴县令。他为官清廉,善诗文。杨世达重修汤阴文王庙时,即撰此联。

心在朝廷原无论先主后主;
名高天下何必辨襄阳南阳。

此联题于河南南阳武侯祠大拜殿,作者是清咸丰年间南阳知府顾嘉蘅。武侯祠,亦名诸葛亮庵,是为纪念三国时期著名政治家诸葛亮而建。该祠坐落于南阳市西南的卧龙岗上,据说此地是"三顾茅庐"故事发生的原址。武侯祠占地12万平方米,由山门、大拜殿、茅庐、古柏亭、野云庵、躬耕亭、伴月台、诸葛井、关张殿、三顾堂、龙角塔等建筑组成。该祠是南阳市博物馆的所在地，也是全国重点文物保护单位。胡耀邦视察南阳武侯祠时，将此联改为"心在人民原无论大事小事；利归天下何必争多得少得"。

三顾频烦天下计；
一番晤对古今情。

此联题于湖北隆中风景区武侯祠，作者董必武，出自唐代诗圣杜甫《蜀相》"三顾频烦天下计，两朝开济老臣心"之句。隆中风景区位于湖北省襄阳市襄城区，占地面积200余平方公里，据说三国时期著名的军事家诸葛亮曾在此隐居，位置就是今天的武侯祠。武侯祠是隆中十景之一，坐落在隆中山腰，为四进三院的层台建筑。1965年1月，董必武先生为武侯祠题写此联。离武侯祠不远，就是三顾堂。1982年，原全国政协副主席陆定一为三顾堂题联"智谋隆中对，三分天下；壮烈出师表，一片丹心"。1984年，原全国人大副委员长王任重同志为三顾堂题写了"功盖三分国；名成八阵图"的楹联。

湖北隆中武侯祠大拜殿

何处招魂，香草还生三户地；

当年呵壁，湘流应识九歌心。

此联原题于湖南长沙三闾大夫祠，作者清人秦瀛。三闾大夫祠，又名屈子祠，位于湖南师范大学内，始建于嘉庆元年（1796）。原建筑坐西朝东，占地3000平方米。如今这里已经残破不堪，大门上的蓝色铭牌写的是"湖南师大五教斋宿舍"。不远处的百年香樟树下，有一个石碑，上写"三闾大夫祠故址"及介绍。作者秦瀛（1743—1821），字凌沧，号小砚，江苏无锡人，清嘉庆年间刑部左侍郎，工诗文，著有《小砚山人诗文集》。

绛灌亦何心，辜负五百年名士；

沅湘犹有恨，凭吊千万古骚人。

此联题于湖南长沙贾谊祠，作者清人秦瀛。贾谊祠，又名贾谊故宅、贾太傅祠，位于湖南省长沙市天心区太平街太傅里。贾谊任长沙王太傅期间，曾居长沙三年。明成化年间长沙太守钱澍在此修祠祭祀贾谊。1938年，贾谊祠毁于大火。1996年，长沙市政府重修贾谊祠。目前祠内建筑有门楼、贾谊井、贾太傅祠、太傅殿、寻秋草堂、古碑亭、碑廊等。

六经责我开生面；

七尺从天乞活埋。

湖南衡阳王夫之故居"岳衡仰止"匾额及对联

此联题于湖南衡阳王夫之故居，作者王夫之。王夫之（1619—1692），字而农，号薑斋，因晚年隐居衡阳石船山附近，人称"船山先生"。船山先生是中国朴素唯物主义思想的集大成者，著有《读通鉴论》《宋论》《思问录》等传世作品，影响后人颇深。

王夫之故居，又名湘西草堂，坐落于湖南衡阳曲兰镇湘西村竹花园，占地2000余平方米。草堂正厅门首"湘西草堂"匾额是著名书法家赵朴初先生所题。正厅堂上高悬清人陶澍题写的"岳衡仰止"匾额，下面是王夫之画像。画像两侧挂有王夫之的著名自题联"六经责我开生面；七尺从天乞活埋"。

四、华南地区名祠联

南海衣冠；
西樵阀阅。

此联题于广东省南海康氏宗祠。康有为（1858—1927），近代著名政治家、思想家、改革家、学者、书法家。康有为祖籍广东南海，世称"康南海"。南海康有为故居，又名涎香老屋，位于佛山市南海区丹灶镇银河乡苏村。康氏家族在此居住五代，康有为出生于斯，幼年生活于斯，启蒙读

广东南海康氏宗祠

书于斯。故居现已改建为康有为纪念馆，内有康有为塑像、大榕树、旗杆石、荷塘、九曲桥、澹如楼、藏书楼、康氏宗祠。

世人多知南海，不知西樵。西樵，即西樵镇，镇有西樵山，现开发为风景区，是广东四大名山之一。西樵山有三湖书院，是康有为曾经治学的地方，故有"戊戌摇篮"美誉。

> 辟佛累千言，雪冷蓝关，从此儒风开海峤；
> 到官才八月，潮平鳄渚，于今香火遍瀛州。

广东潮州韩愈祠

此联题于广东潮州韩愈祠。韩愈事迹见第六章第一节《陕西扶风法门寺》。韩愈祠始建于唐末，经过历代重修，规模宏伟，占地十余亩。内有大门、正殿、钟鼓亭、神厨库、吊表炉、卧云亭、湘子亭、窥星楼等建筑。正殿有韩愈坐像，上悬周培源手书"百代文宗"及饶宗颐手书"泰山北斗"等匾额。对联讲述韩愈因反对崇佛骨之风而遭贬潮州，但他的到来给潮州带来了读书之风。虽然在潮州仅为官八个月，但他驱逐鳄鱼，为民除害，人民非常爱戴他。后人在韩愈祠立"功不在禹下"碑歌颂他的事迹。

> 德政四月明日月；
> 文章一代壮乾坤。

此联题于广西柳州柳侯祠正殿。柳侯即柳宗元（773—819），字子厚，河东解（今山西运城西）人，唐代大诗人，著有《永州八记》等文。晚年被贬至柳州，勤政爱民。柳宗元去世后，宋徽宗追封他为"文惠侯"，故柳宗元祠堂也称"柳侯祠"。柳侯祠始建于宋代，清代重修，建于1906年，位于现柳州市中心柳侯公园内。柳侯祠有"三绝碑"：该碑文乃韩愈《柳州罗池庙碑》，文中有《享神诗》为苏轼亲书，韩文、苏书、柳事三家于一碑，故称三绝碑。

五、西南地区名祠联

能攻心则反侧自消，从古知兵非好战；

不审势即宽严皆误，后来治蜀要深思。

此联题于四川成都武侯祠诸葛亮殿，作者清人赵藩，人称"攻心联"。成都武侯祠是目前国内最著名的武侯祠，为首批全国重点文物保护单位之一。武侯祠位于成都市南门武侯祠大街，始建于公元223年。几经毁坏，几番重修。现存建筑为清康熙年间所建。武侯祠面积15万平方米，坐北朝南，内有汉昭烈庙、武侯祠、三义庙、结义楼以及刘备、

四川成都武侯祠"攻心联"

诸葛亮等人雕像等。

此联为赵藩撰写并题。赵藩（1851—1927），字樾村，号石禅老人。1902年12月，时任四川盐茶使的赵藩参观武侯祠，追思诸葛亮治国成就，反思岑春煊（四川总督）武力镇压民众，遂作此联。

> 水竹傍幽居，想溪外微吟，密藻圆沙依草阁；
> 楼台开丽景，结花间小队，野梅官柳满春城。

此联题于四川成都杜甫草堂，作者何绍基。杜甫草堂，位于四川省成都市西郊的浣花溪畔，又名浣花草堂、工部草堂、少陵草堂，今名成都杜甫草堂博物馆。公元759年，为避安史之乱，杜甫举家迁居于此。杜甫在此居住4年，写下了《闻官军收河南河北》等传世名作。如今，杜甫草堂占地3000余亩，有大廨、诗史堂、工部祠等三座主要建筑。此地珍藏各类资料3万余册，文物2000余件。2008年，被评为国家一级博物馆。

> 一门父子三词客；
> 千古文章四大家。

此联题于四川眉山三苏祠，作者清人张鹏翮。三苏祠，位于四川省眉山市城西，是中国宋代文学家苏洵、苏轼、苏辙的故居。故居建筑面积一万余平方米，内有启贤堂、瑞莲亭、正殿、绿洲亭、抱月亭等建筑。

三苏祠内楹联林立，但清代联家梁章钜认为张鹏翮的楹联为最佳。张鹏翮（1649—1725），字运青，号宽宇，四川遂宁人，清代著名诗人、书画家。历任苏州知府、浙江巡抚、河道总督、两江总督、文华殿大学士等职。此联高度评价了苏洵父子在文学上的成就，简约

四川眉山三苏祠

明白，朗朗上口，通俗易懂。

凤落龙飞森森古柏山光旧；

车尘马迹荡荡征途庙貌新。

此联题于四川德阳庞统祠。庞统（179—214），字士元，号称"凤雏"，襄阳（今湖北襄樊）人。庞统乃刘备重要谋士，战争中不幸被流矢击中而死，故庞统墓地也称"落凤坡"。庞统祠，全称"汉靖侯庞统祠"，位于四川省德阳市罗江县鹿头山白马关。祠内有张飞柏，传说是张飞为悼念庞统而亲植。其树冠左呈龙形，右为凤状，故称龙凤二师柏。

（上联）五百年稳占鳌矶，独撑天宇，让我一层更上，茫茫眼界拓开。

看东枕衡湘，西襟滇诏，南屏粤峤，北带巴夔。

迢递关河，喜雄跨两游，支持岩疆半壁。

恰好于乌蒙箐扫，乌撒雕骧，鸡讲营编，龙番险扼。

劳劳缔造，装构成笙歌间里，锦绣山川。漫云竹壤偏荒，难与神州争胜概；

（下联）数千仞高凌牛渡，永镇边隅，问谁双柱重镌，滚滚惊涛挽住。

忆秦通僰道，汉置牂牁，唐靖苴兰，宋封罗甸。

凄迷风雨，叹名流几辈，销磨了旧迹千秋。

到不如月唤狮岗，霞餐象岭，岚披风峪，雾袭螺峰。

款款登临，领略这金碧亭台，画图烟景。恍觉蓬洲咫尺，频呼仙侣话游踪。

贵州贵阳甲秀楼长联

此联题于贵州贵阳甲秀楼，总字数206字。甲秀楼，又名来凤阁，位于贵州省贵阳市南明河上。甲秀楼始建于明代，清代重修，为清代贵阳八景之一。

　　此长联为刘韫良所作。刘韫良，字璞卿，号丽珊，贵州贵阳人，同治辛未科（1871）进士，任庶吉士、云南恩安知县。革职后，游历山河。著有《壶隐斋联语类编》一书，内集联语2459副，为贵州楹联财富。

时出云烟铺下界；

夜来钟磬彻诸天。

　　此联题于云南昆明三清阁"三清境"石坊。三清阁，位于云南省昆明市西山太华寺南，为道教建筑群。内有吕祖殿、凌霄阁、玉皇阁、灵官殿，还有三重天外仙境，又名三清境。三清观始建于元代，是梁王把匝剌瓦尔密的行宫。梁王，是元世祖忽必烈第五子、云南王忽哥赤后裔。元亡后，梁王自杀。

六、西北地区名祠联

何处结倦缘尽流传千载赤松；

此间真福地且领略万竿烟雨。

　　此联题于陕西紫柏山留侯祠灵官殿。传说张良见汉高祖刘邦滥杀忠良，托名"辟谷"，隐居紫柏山。留侯祠，位于陕西秦岭南坡紫柏山麓，距汉中百余公里。留侯祠，又称张良庙，是张良十世玄孙汉中王张鲁所建。清代重修，占地面积14000平方米，有房150余间。2006

年，留侯祠被国务院批准列入全国重点文物保护单位名单。

一诗二表三分鼎；

万古千秋五丈原。

陕西五丈原武侯祠正门

此联题于陕西五丈原武侯祠。五丈原位于陕西省岐山县，是著名的古战场遗址，也是诸葛亮病逝之地。五丈原武侯祠，也称诸葛亮祠，始建于元初。内有山门、献殿、武侯正殿等建筑。正殿横额上书"英名千古"，上联为：成大事以小心一生谨慎；下联是：仰风流于遗迹万古高清。正殿后有诸葛亮衣冠冢和落星亭等建筑。

三千里持节孤臣，雪窖冰天，半世纪来赢属国；

十九年托身异域，韦鞴毳幕，几人到此悔封侯。

此联题于甘肃苏武山苏武庙。苏武山位于陕西省民勤县境内，是中国唯一一座以"苏武"的名字命名的山，传说是当年苏武牧羊之地。苏武庙建于民勤县苏武乡苏山村，始建年代未知。唐代诗人温庭筠写有《苏武庙》一诗，诗曰："苏武魂销汉使前，古祠高树两茫然。云边雁断胡天月，陇上羊归塞草烟。回日楼台非甲帐，去时冠剑是丁年。茂陵不见封侯印，空向秋波哭逝川。""文革"期间，庙宇遭到毁坏。改革开放后，重修苏武庙。

第七章　婚寿贺赠

一、婚礼名联趣事多

日月同明，报十二时吉祥如意；

天地合德，庆亿万年富贵康宁。

　　此联是英国维多利亚女王贺光绪皇帝大婚时所赠。光绪十五年（1889）正月，慈禧太后为18岁的载湉操办了规模盛大的婚礼。英国维多利亚女王委托驻华公使向光绪祝贺大婚，并送来贺礼。贺礼中有一座精美的自鸣钟，钟上镌刻着这副对联。外国元首用汉字对联作礼物，这确是破天荒的趣事。不过对联中的"明"字，似乎触犯了清廷的禁忌，这个自鸣钟的归宿自然只能是阴暗的库房了。

二月梅香清友；

春风桃灼佳人。

　　此联是毛泽东祝贺廖廷璇、皮述莲新婚之作。廖廷璇是毛泽东在湖南第一师范读书时的同班同学，也是毛泽东的好友。1915年廖廷璇与皮述莲结婚。毛泽东特作此联祝贺。

民主新伴侣；

自由两先锋。

　　此联是冯玉祥贺冯理达、罗元铮新婚之作。冯理达是冯玉祥将军和李德全的女儿，1947年中秋节，与罗元铮在美国结婚。罗元铮是四川成都人，著名经济学家，当时在美国留学，并任冯玉祥的英文翻译和随行秘书。后在苏联列宁格勒大学经济系毕业，获得博士学位。婚礼仪式是在美国一个叫"爱锁"的小镇举行的，见证婚礼的只有冯玉祥和李德全。冯玉祥非常高兴，当场作此联相贺。

　　　　奁中应有来禽帖；

　　　　案上新成博议书。

　　此联是王国维贺蒋汝藻哲嗣蒋谷孙新婚之作。王国维（1877—1927），字静安，一字伯隅，号观堂，浙江海宁人，国学大师，学术巨匠。蒋汝藻是清末浙江吴兴（湖州）著名藏书家之一，王国维曾为其私家藏书编目长达四年时间，促成中国版本目录学的诞生。蒋汝藻还斥资出版王国维的《观堂集林》，并亲自作序。其子蒋谷孙继承先人衣钵，亦以书画、古籍为业。

　　　　汉瓦当文延年益寿；

　　　　周铜盘铭富贵吉祥。

　　此联是黎元洪贺溥仪结婚之作。1922年12月1日，溥仪与婉容大婚。时任中华民国大总统黎元洪从民国财政拨款10万元资助婚事，其中两万元为民国政府贺礼。黎元洪作为大总统还送上特别礼物，其中有珐琅器四件、绸缎两种和这副对联。上联指的是汉代的瓦当（檐端

溥仪、婉容大婚

的盖头瓦）上多刻有"延年益寿"；下联说的是周代的青铜器上多有
铭文"富贵吉祥"，含有祈福、祝福之意。

两小无猜一个古泉先下定；
四方多难三杯淡酒便成亲。

此联是方地山贺女儿与袁克文子结婚之作。方地山（1873—
1936），原名方尔谦，字地山，江苏扬州人，擅长书法和楹联，清末
著名学者、书法家、楹联家，人称"联圣"。晚年钻研古钱币，独爱
泉学。袁克文是民国大总统袁世凯的二公子，厌武喜文，喜爱书法、
戏剧、钱币收藏。方地山是袁克文的老师，受方影响，克文于民初开
始专心研究古钱币。俩人关系亦师亦友，克文潦倒时，多次得到方地

山的帮助。上联"一个古泉先下定"，幽默地道出了方地山与袁克文的共同爱好——古钱币，俩人的师生关系还因此升级为亲家。

> 去年王老五；
> 今夜卖油郎。

此联是方地山贺王鸿池新婚之作。王鸿池个人履历不详。上联"王老五"指的是过了适婚年龄还未成家的男士；下联"卖油郎"引用冯梦龙《醒世恒言》中的短篇小说《卖油郎独占花魁》，意指王鸿池今夜做了快乐的新郎。不知王鸿池的新娘会不会生气，卖油郎的"新娘"可是地位卑贱的名妓王美娘啊。

> 玉聪马少年场白眉世家一代文章传季子；
> 金叵罗合欢酒黄花门第三秋韵事斗玲珑。

此联是方地山贺马文季、罗韵玲婚礼之作。马文季，安徽桐城人，是桐城派末期代表作家马其昶的季子。罗韵玲，擅长养菊，家中多异种。上联"白眉世家"指三国蜀汉马良。马良，字季常，才学出众。马良行三，其弟即失街亭的马谡。这里以马良喻马文季。下联"金叵罗"指金质酒器，"黄花"即菊花。上联和下联分别暗含新郎、新娘的名字。

二、寿辰贺联吉词多

> 四万里皇图，伊古以来，从无一朝一统四万里；
> 五十年圣寿，自兹以往，尚有九千九百五十年。

此联是纪昀为贺乾隆皇帝50大寿而作。纪昀（1724—1805），字晓岚，直隶献县（今河北）人。历任编修、侍读学士、内阁学士、左都御史、礼部尚书、协办大学士等职。上联赞扬乾隆皇帝统一中国的功绩；下联年数相加正好一万年，祝贺乾隆皇帝万寿无疆。

龙飞五十有五年，庆一人五数合天，五数合地，
五星呈，五云现，五代同堂，祥开五凤楼前，五色斑斓辉彩帐；
鹤算八旬刚八月，祝万岁八千为春，八千为秋，
八元进，八恺升，八方从化，歌向八鸾队里，八仙会绕咏霓裳。

乾隆皇帝八十寿辰图

此联是纪昀为贺乾隆皇帝80寿辰而作。上联"五星"指金木水火土星，对应中国古代的称谓是太白、岁星、辰星、荧惑、镇星。"五云"指五色青、赤、白、黑、黄五色云，代指祥瑞。"五凤楼"是紫禁城正门，即午门。下联"八元"出自《左传·文公十八年》："高辛氏有才子八人：伯奋、仲堪、叔献、季仲、伯虎、仲熊、叔豹、季貍，忠肃共懿，宣慈惠和，天下之民，谓之'八元'。"八元代指有德有才之人。"八恺"出自《左传·文公十八年》："舜臣尧，举八恺，使主后土，以揆百事。"八恺，高扬氏，颛顼之后，即苍舒、隤敳、梼戴、大临、龙降、庭坚、仲容、叔达。"八方"即东、西、

南、北、东北、西北、东南、西南。代指各个方向。"八鸾"指天子车驾。鸾是系在马衔上的铃铛，马口两旁各一，四马八铃，称八鸾。"八仙"即道教八仙：铁拐李、汉钟离、张果老、蓝采和、何仙姑、吕洞宾、韩湘子、曹国舅。

南宫六一先生座；
北面三千弟子行。

此联是袁枚贺史贻直70寿辰之作。袁枚（1716—1798），字子才，号简斋，清代诗人、散文家，浙江钱塘人。史贻直（1682—1763），字儆弦，号铁崖，江苏溧阳人。历任内阁学士、吏部侍郎、闽浙总督、左都御史、兵部尚书、署直隶总督、协办大学士、文渊阁大学士。袁枚是乾隆四年（1739）进士，史贻直是当年的主考官，故袁枚以史贻直的门生自居。史贻直70大寿时，袁枚奉上此联祝贺。上联"南宫"是尚书省的别称，这里指史贻直。欧阳修晚年号"六一居士"，这里用"六一先生"夸赞史贻直的文采。

螭坳旧齿符天寿；
雁塔新题冠佛名。

此联是梁同书贺嵇璜80寿辰之作。梁同书（1723—1815），字元颖，号山舟，浙江钱塘人，清代书法家。嵇璜（1711—1794），字尚佐，号黼庭，江苏无锡人，清朝水利专家，清河道总督嵇曾筠之子。历任东河河道总督、工部尚书、礼部尚书、工部右侍郎、《四库全书》馆正总裁、翰林院掌院学士、吏部尚书、协办大学士、文渊阁大学士、国史馆总裁。上联"螭坳"是指宫殿螭阶前坳处，朝会时为殿下值班史官所站的地方。"旧齿"指老臣。

常如作客，何问康宁，但使囊有余钱，

瓮有余酿，釜有余粮，取数叶赏心旧纸，

放浪吟哦，兴要阔，皮要顽，五官灵动胜千官，过到六旬犹少；

定欲成仙，空生烦恼，只令耳无俗声，

眼无俗物，胸无俗事，将几枝随意新花，

纵横穿插，睡得迟，起得早，一日清闲似两日，算来百岁已多。

此联是郑燮（郑板桥）的60自寿之作。郑燮（1693—1765），字克柔，号板桥，江苏兴化人，清代著名画家。这副对联是郑板桥在60岁生日时，为自己贺寿而作。此联语言风趣幽默，最后一句"一日清闲似两日，算来百岁已多"，足见郑板桥豁达的心态。

江苏兴化郑板桥故居，匾额为赵朴初题写。"郑燮故居"匾额为刘海粟题写

花开花落僧贫富；

云去云来客往还。

此联是郑板桥贺焦山老人的寿联。焦山位于江苏镇江东北，是一座四面环水的岛屿。岛上有定慧寺，寺名匾额为康熙皇帝亲题。郑板桥曾在焦山读书，对这里非常熟悉，但他并未透露焦山老人的具体身份。

八千为春，八千为秋，八方向化八风和，庆圣寿，八旬逢八月；

五数合天，五数合地，五世同堂五福备，正昌期，五十有五年。

　　此联是纪晓岚贺乾隆皇帝八旬万寿之作，题于北京雍和宫经坛。清政府在雍和宫设有三房，即文案房、经坛房、造办房。上联"八千为春，八千为秋"出自《庄子·逍遥游》的"上古有大椿者，以八千岁为春，八千岁为秋。此大年也"。意思是说：上古时有一种树叫大椿，八千年是它的春季，再过八千年是它的秋季，春秋就是一年。这里指长寿。此联暗含"春秋和寿月，天地备期年"十字贺联，也是非常标准的平起式五言联。

盾鼻弓衣，行世文章皆事业；

屏风团扇，还山官府即神仙。

北京纪晓岚故居之"阅微草堂"。正面对联为"万卷编成群玉府；一生修到大罗天"，是清代梁同书赠纪昀联

此联是纪晓岚贺王昶80寿辰之作。王昶（1725—1806），字德甫，号述庵，江苏青浦（今上海市）人。历任内阁中书、刑部郎中、鸿胪寺卿、大理寺卿、都察院右副都御史。上联"盾鼻"指盾牌的把手，"弓衣"指装弓的袋子。王昶曾以幕府身份征讨大小金川，"盾鼻弓衣"指的就是王昶的军旅生涯。下联"还山"是致仕、退休之意。

东方先生善谐谑；
南极老人应寿昌。

此联是纪晓岚贺赵次乾寿辰之作。下联出自唐代诗圣杜甫的七律《寄韩谏议注》，其中有"周南留滞古所惜，南极老人应寿昌。美人胡为隔秋水，焉得置之贡玉堂"之句。

藏山事业三千牍；
住世神明五百年。

此联是纪晓岚贺袁枚寿辰之作。上联"藏山事业"指的是著书立说，赞袁枚学术成就高，作品数量多；下联"住世神明"指精神存在于世。

望重达尊，北斗尚书南极老；
恩承敬典，天朝耆旧地行仙。

此联是郑瑞麟贺陈若霖70寿辰之作。郑瑞麟，字仁圃，清嘉庆二十四年（1819）进士。历任内阁中书、江西九江知府、庆远知府等职。陈若霖（1759—1832），字宗觐，号望坡，福建福州人。历任云南、广东、河南、浙江巡抚，刑部尚书。末代皇帝溥仪的老师陈宝琛是陈若霖的嫡孙。

> 菊花潭里人同寿；
> 扬子江头海不波。

此联是阮元贺但明伦寿辰之作。阮元（1764—1849），字伯元，号芸台，江苏仪征人。清代名臣、著作家、思想家，在经史、数学、校勘、金石等领域均有极高造诣，有"一代文宗"之称。但明伦（1782—1853），字天叙，号云湖，贵州广顺州（今长顺县）人，清志怪小说《聊斋志异》的点评家。但明伦曾任两淮盐运使，其时正值鸦片战争爆发，英国军舰沿江而上，进犯扬州，扬州人纷纷出城避乱。但明伦竭力防堵，维持治安，使扬州人免受英人骚扰。下联"扬子江头海不波"说的就是但明伦的努力为扬州人民带来了平安。

> 帝祝期颐，卿士祝期颐，合三朝之门下亦共祝期颐，海内九旬真寿母；
> 夫为宰相，哲嗣为宰相，总百官之文孙又将为宰相，江南八座太夫人。

此联是阮元贺刘墉继母90寿辰之作。刘墉（1719—1804），字崇如，号石庵，山东诸城人，即刘罗锅。乾隆十六年（1751）进士，历任吏部尚书、体仁阁大学士。刘墉既是政治家，又是画家、书法家。刘墉的父亲刘统勋是上书房总师傅，东阁大学士，赏紫禁城骑马。刘墉继母资料不详。

> 西人慈母，东人大父；
> 北极湛露，南极寿星。

此联是严保庸贺某大官父亲寿辰之作。严保庸，字伯常，号问樵，江苏丹徒人，清代戏曲作家，代表作有《盂兰梦》《同心言》《奇花槛》《红楼新曲》等。除戏曲外，严保庸还酷爱楹联创作，且有很多作品传世。严保庸曾任县令，但他不顾官场威仪，将衙署当成戏场，遂被罢官。

> 众母奉寿母，江南大母；
> 三春祝千春，上巳长春。

此联是严保庸贺某县令母亲寿辰之作。下联"三春"指农历正月为孟春，二月为仲春，三月为季春。"上巳"指中国传统节日上巳节，即农历三月三。

> 开上寿初筵，九十日耄；
> 后重阳一日，八千为秋。

此联是严保庸贺侯理庭母亲寿辰之作。侯理庭，履历不详。

> 商瞿有五丈夫子，我只一焉，颇惜一夔犹未足；
> 邓禹以廿四封侯，今且老矣，未知老骥竟何心。

> 学昌黎百无他长，只这般视茫茫，发苍苍，齿牙摇动；
> 慕庄周万有一似，可能觳梦蘧蘧，觉栩栩，色相皆空。

> 后生转瞬即衰颓，而无闻焉，安知后生之可畏；
> 翁子行年当富贵，倏又过矣，况薄翁子而不为。

遗世慕庄周，睡去能为蝴蝶梦；

学诗类高适，老来始作凤凰鸣。

五岁即知书，弹指到五十年，半百平头，非我童时非少壮；

千秋仍幻梦，放眼观千万辈，寻常色目，几人传世几神仙。

臣朔未可俳优畜；

蒙庄能为逍遥游。

以上六联是吴步韩的50自寿之作。吴步韩（1798—1866），字锦堂，号小岩，山东郯城（今临沭）人。道光十四年（1834）进士，曾任县令，后得罪钦差，回家丁忧守制。之后，长期从事教育事业，同时著书立说，代表作有《七十二砚斋集》《百石山房印存》等。

宜民颂起延年后；

寿世筵开浴佛先。

此联是梁章钜贺兴静山寿辰之作。梁章钜其人前文已经做过详细介绍，他一生著述颇丰，代表作有《枢垣记略》《退庵随笔》《楹联丛话》等70余部。

寿世文章，一代斗山韩吏部；

等身述作，六经渊海郑司农。

此联是胡林翼贺林昌彝70寿辰之作。胡林翼（1812—1861），字贶生，号润芝，湖南益阳人。道光十六年（1836）进士，历任四川按察使、湖北按察使、湖北布政使、署湖北巡抚等职。林昌彝出生于

第七章 婚寿贺赠

163

湖南益阳胡林翼陈列馆正门，对联为"与曾左彭并号四臣，天下犹推国士；立功言德永垂百代，此间如接风仪"

1803年，字惠常，晚年号茶叟，福建侯官人。道光十九年（1839）中举人，后于建宁府学任教职。同治年间掌教廉州海门书院，1874年卒。林昌彝是胡林翼的老师。上联"韩吏部"指的是唐代文学家韩愈；下联"郑司农"是汉代思想家。

> 介寿朋来，而我独羁千里足；
> 倾心兄事，为君多读十年书。

此联是胡林翼贺老友周梅初70寿辰之作。周梅初的履历不详。上联"介寿"意为祝寿。

> 千古文章，攻参麟笔；
> 两朝开济，庆洽牺爻。

左宗棠故居自题联
"仁德大隆吉庆长久；和
气所舍福禄光明"

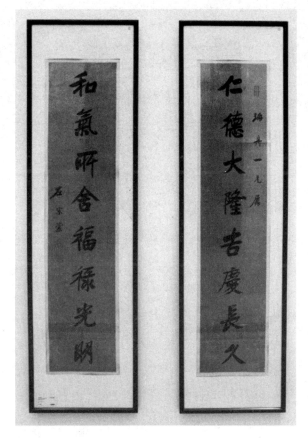

　　此联是吴可读贺
左宗棠64寿辰之作。左
宗棠任陕甘总督时，
礼聘吴可读为兰山书
院山长。当时办学经费
短缺，吴可读以士绅身
份，呼吁当地富豪捐资
助学，募集到白银50万两，解决了资金难题。

七月诞生，郭汾阳曾见织女；

九州作督，陶长沙亦称部民。

　　此联是曾国藩贺李翰章50寿辰之作。李翰章（1821—1899），
字筱泉，一作小泉，安徽合肥人，李鸿章的哥哥，曾任两广总督。上
联"郭汾阳"指唐代著名军事家郭子仪。郭子仪夜遇织女，请赐长寿
富贵。织女对他说："大富贵，亦寿考。"后郭子仪官拜尚书令、尚
父，年90而终。下联"陶长沙"指晋代陶侃。陶侃是东晋名将、大司
马，诗人陶渊明的曾祖父。"部民"意为平民。

天特以黄发相加，自李邺侯退居衡岳而来，刚当一万八千日；

公肯为苍生再出，到文潞国征起洛阳之岁，还报九重三十年。

此联是李篁仙贺曾国荃50寿辰之作。李篁仙（1825—1894），字梦莹，湖南望城县人，谭嗣同岳父，清咸丰丙辰年（1856）进士，历任户部主事、江汉关道、芜湖道，擅长诗文，尤爱楹联，是清末湖南六大联语家之一。著有《天影庵联语》等。曾国荃（1824—1890），字沉浦，号叔纯，湖南双峰县人，曾国藩九弟。历任陕西巡抚、山西巡抚、署两广总督、署礼部尚书、两江总督兼通商事务大臣。谥号忠襄。

上联"李邺侯"是唐代宰相李泌，因受杨国忠迫害，李泌曾隐居衡山，在南岳建南岳书院。曾国荃50岁时亦退居衡山，故以此相比。下联"文潞国"即文彦博（1006—1097），字宽夫，号伊叟，历任宋仁宗、英宗、神宗、哲宗四朝，出将入相50年，为宋朝第一宰相，也是一位贤相，封潞国公，史称"文潞国"。文潞国50岁在洛阳被重新起用，又做了30年宰相。1097年，文彦博92岁无疾而终，是中国历史上的长寿宰相之一。"九重"指皇帝。李寿蓉希望曾国荃以50岁为始，像文潞国一样，再为国家工作30年，并祝其长寿。

福算晋八旬，任多子多孙，齐捧出王母碧桃，麻姑仙草；

寿筵刚二月，看难兄难弟，正开到尚书红杏，宰相梅花。

此联是李篁仙贺李鸿章母亲80寿辰之作。李鸿章之母出身低微，因未曾裹脚，有"大脚母亲"之名，她育有六子二女。长子李翰章、次子李鸿章均为清季名臣，官居一品，可谓教子有方。还有一种说法，认为"大脚母亲"并非李鸿章生母，而是父亲李义安后娶回家的继母。更有一种说法，认为李鸿章母亲是安徽名士李霄腾之女，出身书香门第。

三月上巳辰之前，六旬大庆；

两宫皇太后以下，一品夫人。

此联是李篁仙贺李鸿章夫人60寿辰之作。李鸿章夫人赵小莲出生于安徽太湖地区的书香门第，祖父曾是嘉庆年间的状元、父亲赵昀是咸丰皇帝的陪读。赵小莲为李鸿章育有一子二女，儿子李经述、女儿李经璹和李经溥。李经璹，名菊耦，是著名作家张爱玲的祖母。"三月上巳"即中国古代传统节日——上巳节，俗称三月三。

已无朝士称前辈；

尚有慈亲唤小名。

此联是李鸿章60自寿之作。清代诗人袁枚在60寿辰时，曾创作过一首自寿诗：已无朝士称前辈，尚有慈亲唤乳名。李鸿章将"乳"改为"小"，为自己贺寿。

四裔人传相司马；

大年吾见老犹龙。

此联是张之洞赠李鸿章寿辰之作。张之洞（1837—1909），字孝达，号香涛，直隶南皮人，人称"张南皮"。张之洞历任四川学政、山西巡抚、湖广总督、署理两江总督、军机大臣，是洋务派代表人物，主张"中学为体，西学为用"。张之洞任两江总督时，曾查出李鸿章在南京有一笔20万两的存款。张之洞将银子取出来用于修建南京街道，但不忘去信告诉李鸿章"借用"银子之事。李鸿章吃了哑巴亏，只得顺水推舟，表示支持张之洞。从此，俩人的关系变得非常微妙。据说李鸿章70寿辰时，张之洞曾绞尽脑汁为其做寿文。李鸿章在收到寿文和寿联时，将它们视为"压卷之作"。

张之洞为福州螺州陈氏宗祠题联"世系昌鸣凤；仙居相约螺"

环瀛海大九州，信中国异人，何待子瞻说威德；
登泰山小天下，借通家上谒，方令文举足生平。

此联是范当世贺李鸿章寿辰之作。上联"子瞻"是苏轼的字。苏轼曾论五谷伐病，药石养生，说的是儒者和武夫的治国方法都有缺陷。苏轼言："具论三代以来所以取守之术，使知文武禹汤之威德，亦儒者之极功。"下联"文举"指的是孔融。孔融10岁时随父亲到洛阳，去拜访名气很大的司隶校尉李元礼，门人阻拦。孔融大呼"我是李君通家子弟"乃得以走上成名路。这里用李姓指李鸿章为有才华的年轻人提供机会。

中国相司马矣；

老子其独龙乎？

此联是唐才常贺李鸿章寿辰之作。唐才常（1867—1900），字黻丞，后改佛尘，湖南浏阳人，维新派领袖。上联出自《宋史·司马光传》："中国相司马矣，毋轻生事、开边隙。"下联出自《史记·老子韩非列传第三》，孔子问礼于老子，归来对众弟子说："我今天见到老子了，他像是一条龙啊。"

上寿伏生传绝学；

通经高密擅名家。

此联是黎元洪贺康有为寿辰之作。黎元洪（1864—1928），字宋卿，湖北黄陂人，两任中华民国大总统、三任中华民国副总统。上联"伏生"，亦作伏胜，西汉经学家。秦始皇焚书时，伏生冒险在家中墙壁内藏《尚书》29篇，使这部古书得以流传后世。下联"高密擅名家"指东汉经学家高密人郑玄，一生传授学问，注释诸经，影响以后历朝历代。

盛才冠岩廊，致身福地何萧爽；

真气惊户牖，学语小儿知姓名。

此联是冯国璋贺康有为寿辰之作。冯国璋（1859—1919），字华甫，直隶军阀，民国大总统。康有为60寿辰时，冯国璋作此联为其贺寿。上联前句出自唐代诗圣杜甫《入衡州》中"中有古刺史，盛才冠岩廊"之句；上联后句出自杜甫《元都坛歌寄元逸人》中"铁锁高垂不可攀，致身福地何萧爽"之句。下联前句出自杜甫《送重表侄王砅

169

评事使南海》中"秦王时在坐，真气惊户牖"之句；下联后句出自杜甫《戏作花卿歌》中"成都猛将有花卿，学语小儿知姓名"之句。全联四句话出自杜甫的四首诗，很有特点。

三、同僚赠联夸赞多

菩萨心肠，英雄岁月；
神仙眷属，名士文章。

此联是舒位赠王昙之作。舒位（1765—1816），字立人，号铁云，直隶大兴（今北京）人，清代诗人、戏曲家。王昙（1760—1817），字仲瞿，今浙江嘉兴人，清代诗人。舒位、王昙和孙原湘并称为清代"后三家"，是性灵派的代表人物，也是清代中期诗人的代表人物。三人与"乾嘉三大家"对称，其中舒位、王昙是龚自珍的先导。

吴兴山水，古来清远；
包咸论语，今尚流传。

此联是阮元赠包敬堂之作。包敬堂是嘉庆十六年（1811）辛未科进士，浙江吴兴（今湖州）人。下联"包咸"是东汉经学家，曾注释《论语》，并为时任太子的汉和帝讲解。

两袖清风廉太守；
二分明月古扬州。

此联是阮元赠魏春松之作。魏春松，字成宪，曾任扬州太守，以清廉闻名天下。下联"二分明月"形容扬州繁荣。唐代诗人徐凝《忆扬州》："天下三分明月夜，二分无赖是扬州。"认为天下明月有三分，扬州独占二分。

> 海天飞炮亲挝鼓；
>
> 夜月扬帆坐读书。

此联是阮元赠李长庚之作。李长庚（1751—1807），字西岩，福建同安人。乾隆三十六年（1771）武进士，任浙江定海镇总兵，曾与浙江巡抚阮元共同抗击海匪。李长庚工诗，有《虞渊集》传世。1807年，李长庚在与海盗船战时咽喉中弹阵亡。

> 一笑弄诸孙，腊八粥中分枣子；
>
> 双扶呼小婢，秋千院里看梅花。

此联是吴步韩贺李湘棻乔迁新居之作。李湘棻（1798—1866），字云舫，山东安丘人。道光十二年（1832）进士，历任翰林院庶吉士、户部主事、户部员外郎、宁国府知府、太常寺少卿、署理漕运总督、漕运总督兼兵部侍郎、都察院右副都御史等职。

> 友如石琴愁地远；
>
> 教以木铎待天将。

此联是吴步韩赠黄石琴之作。上联"石琴"指黄石琴；下联出自《论语·八佾》"天下之无道也久矣，天将以夫子为木铎"。木铎是古时宣布政教法令时，用来吸引人们注意力的振鸣工具，后引申为传道授业。孔子就被称为"天之木铎"。

千里而来，徐孺子可容下榻；

一寒至此，严先生尚未披裘。

此联是严问樵赠徐宗干之作。严问樵，字保庸，清代太史，剧作家，楹联家。著有杂剧《红楼》《巾缘》等。徐宗干（1796—1866），字伯桢，又字树人，江苏通州人。嘉庆二十五年（1820）进士，历任曲阜、泰安知县，道光二十二年（1842）任福建巡抚，闽浙总督。徐宗干也是一个楹联名家，作有《咏炭》一联："一味黑时犹有骨；十分红处便成灰。"联语咏"炭"，抒发感慨，富有哲理。

我亦戏场人，世味直同鸡弃肋；

卿将狎客老，名心还想豹留皮。

此联是严问樵赠金德辉之作。金德辉，字子石，江苏兴化人，喜书画，擅昆曲，清代著名昆曲表演艺术家，代表作品有《牡丹亭·寻梦》等剧。

麟阁待老臣，最难西域生还，万顷开荒成伟绩；

凤池诒令子，喜听东山复起，一门济美报清时。

此联是梁章钜赠林则徐之作。上联"西域生还"指林则徐虎门销烟后，成为清政府的替罪羊，被降职发往新疆伊犁，效力赎罪。下联"东山复起"指林则徐在道光二十五年（1845）被重新起用，任陕甘总督、陕西巡抚、云贵总督等职。林则徐亦有一联赠梁章钜，联曰："曾从二千石起家，衣钵新传贤弟子；难得八十翁就养，湖山旧识老诗人。"

劝子勿为官所腐；

知君欲以诗相磨。

　　此联是梁章钜赠余小
霞之作。余小霞，梁章钜好
友，具体履历不详。俩人相
交甚笃，经常互赠诗词、楹
联。余小霞为官赴任之际，
梁章钜特作此联相勉。

醉中掷笔金銮殿；

睡起鸣笳铁瓮城。

梁章钜像

　　此联是梁章钜赠赵雨
楼之作。赵、梁二人是京中同事。梁章钜出守镇江后，赵前往梁处拜
谒，并索要赠联。梁章钜想起宋代吴敏的诗，便引用了其中两句。下
联"铁瓮城"即京城，三国时期孙武立国之前江东的大本营，后以铁
瓮城指京城。

人言此老古开土；

我生之初新翰林。

　　此联是陶澍赠钱杖之作。陶澍（1779—1839），字云汀，湖
南安化县人。嘉庆七年（1802）进士，官至两江总督、太子少保，
著有《印心石屋诗抄》等。钱杖，字希南，号次轩，乾隆四十三年
（1778）进士，官居广西桂平梧郁道，精通楷书。严问樵也有一副赠
钱杖的对联："商彝周鼎，汉印唐碑，上下三千年，公自有情天得

度；酒胆诗肠，文心画手，纵横一万里，我于无佛处称尊。"

乘槎直到牵牛渚；

载笔同游放鹤亭。

此联是林则徐赠张姓河丞之作。1831年，林则徐任职东河河道总督。上联"槎"即木筏。

通侯门第双龙节；

才子文章五凤楼。

此联是林则徐赠某位达官之作。上联"通侯门第"说达官出

福州林则徐故居，中堂题联为"白头到此问休戚；青史凭谁定是非"

身；下联"才子文章"指达官才华，看来此人显赫非常。"五凤楼"指紫禁城午门。

> 南子渊源承北学；
> 秋曹门馆坐春风。

此联是林则徐赠王廷绍之作。王廷绍，字善述，号楷堂，北京大兴人，嘉庆四年（1799）进士，官至员外郎。王是清代俗曲专家，编有《霓裳续谱》。王曾参与春秋会试，中国最后一个"三元"状元陈继昌就是王廷绍的门生。陈继昌（1791—1849），字哲臣，号莲史，广西临桂县人。嘉庆十八年（1813），陈继昌参加乡试获得第一名（解元）；嘉庆二十五年（1820）又考中会试第一名（会元）；接着在殿试中夺得第一名（状元），是为"三元"状元。

> 真辅相才葵向日；
> 大光明地月当门。

此联是何绍基赠曾国藩之作。何绍基（1799—1873），字子贞，号东洲，湖南道州（今道县）人。道光十六年（1836）进士，曾任四川学政。为官仅两年，因得罪权贵，

湖南长沙曾国藩故居富厚堂，对联为"清芬世守；盛德日新"，为曾纪泽所书

辞官赴江西创办草堂书院。著有《东洲草堂金石跋》《东洲草堂诗抄》等。曾国藩对何绍基的学问赞赏有加，说何有五大优势：一是精通《仪礼》；二是熟读《汉书》；三是通晓《说文》；四是擅长各体诗；五是工研书法。何、曾是湖南老乡，曾对何的评价记录于《曾国藩家书》中，可见曾国藩对何绍基的推崇。

> 退之工文辞，学者从而师事；
> 司马相中国，远人服其威名。

此联是俞樾赠曾国藩之作。道光三十年（1850）会试，曾国藩是主考官，俞樾是考生。会试诗题为"淡烟疏雨落花天"，俞樾写下"花落春仍在，天时尚艳阳"之句。这两句诗打动了曾国藩，但其他考官认为俞樾楷书不佳。曾国藩坚持己见，将俞樾点为会试第一名。俞樾知道后，感谢曾国藩的知遇之恩，自持门生之礼。

第八章　哀挽追悼

一、清代名人之挽联

心痛鼎湖龙，一寸江山双血泪；

魂归华表鹤，二分明月万梅花。

江苏扬州史可法祠，对联为"数点梅花亡国泪；二分明月老臣心"

此联是蒋士铨挽史可法墓之作。史可法（1601—1645），字宪之，今河南开封人，明末政治家、军事家。清军入关，兵围扬州，多尔衮投书劝降，史可法拒绝。14天后，多尔衮破城，史可法就义。多尔衮怒，下令屠城扬州十日，死亡17万余人。清高宗乾隆皇帝表彰史可法之爱国忠义，追谥忠正。上联"鼎湖龙"出自《史记》，黄帝铸鼎于荆山下，鼎成，有龙下凡迎黄帝上天，后人称此地为鼎湖。"鼎湖龙"代指崇祯之死。下联"华表鹤"指久别之人。蒋士铨（1725—1784），字心馀，号藏园，江西南昌人，清代戏曲家、文学家、诗人。

> 满山灵草仙人乐；
> 绕径长松处士坟。

此联是徐大椿的自挽之作。徐大椿（1693—1771），字灵胎，江苏吴江松陵镇人，清代康乾时期医学家。著有《兰台轨方》《医举源流》《论伤寒类方》等医学著作。徐大椿医术高明，生前多次应诏赴京为皇帝治病，颇得宫廷上下信赖。1771年，79岁的徐大椿已经卧床不起，但北京还是下旨让他进宫诊病。临行前，徐大椿让儿子准备好棺材，以备万一，还亲自撰写了此联自挽。进京第三天，徐大椿病死在旅舍。

> 鹤归华表知何日；
> 牛上荒丘会有时。

此联也是徐大椿的自挽之作。上联"鹤归华表"出自晋代陶潜《搜神后记》中的典故：辽东人丁令威学道于灵虚山，学成后，化作一只仙鹤返乡归辽，落在城门华表柱上休息。有个少年见到，便张弓搭箭准备射下仙鹤。丁令威见状飞往远处，在空中徘徊说："有鸟有鸟丁令威，去家千年今始归。城郭如故人民非，何不学仙冢垒垒。"说完，飞向高空。"鹤归华表"用来慨叹人世的变迁。

> 青宫授几，洛社图形，官府神仙皆慧业；
> 达尊备三，绝艺擅四，儒林文苑并传人。

此联是梁同书挽钱载之作。梁同书（1723—1815），字元颖，号山舟，浙江钱塘（今杭州）人。乾隆十七年（1752）进士，历任翰林院庶吉士，乡试考官、会试考官、日讲起居注官、侍讲学士。梁同书是清代著名书法家，著有《频罗庵遗集》《频罗庵论书》等书。钱载（1708—1793），字坤一，号箨石，浙江嘉兴人。与梁同书同年进士，同任翰林院庶吉士，官至内阁学士兼礼部侍郎，上书房行走。钱载官居二品，但两袖清风，家道贫穷。他善诗书，工字画，晚年靠卖画为生。著有《石斋诗文集》。上联"青宫授几"指钱载曾在太子宫教书获得尊敬。太子居东宫，东方属木，色青，故东宫亦称青宫。授几，意为钱载在东宫被允许使用小桌子和支撑身体的手杖。下联"达尊有三"出自《孟子·公孙丑下》："天下有达尊三：爵一，齿一，德一。"意思说达尊有三，即官爵、年龄、道德。此联是对钱载一生的高度概括和准确评价。

> 帝畀以河，三策勤劳著淮北；
> 臣心似水，四知风节媲关西。

此联是梁同书挽兰第赐之作。兰第赐（1736—1797），字庞章，号素亭，山西吉州人。历任顺天大兴知县、永定河道、署河东河道总督、江南河道总督，是清代乾嘉年间治河专家。

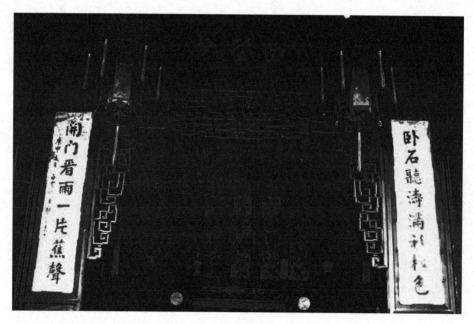

江苏苏州耦园城曲草堂，梁同书题匾及楹联，联曰："卧石听涛满衫松色；开门看雨一片蕉声"

天北掩台垣，耳听槐音中夜断；
江北失宗衮，心伤荆树一齐摧。

此联是梁同书挽梁国治之作。梁国治（1723—1786），字阶平，号瑶峰，浙江绍兴人，谥文定。乾隆十三年（1748）进士，殿试中一甲第一名，历任编修、日讲起居注官、都察院左副都御史、吏部左侍郎、湖北巡抚、署湖广总督、军机处行走、户部尚书、协办大学士、东阁大学士兼军机大臣。上联"台垣"指都察院和六科，是清代的监察、谏言机构。下联"宗衮"指同族中官居高位者。梁同书、梁国治是浙江同乡，俩人都姓梁，但梁国治官居一品，地位崇高，所以梁同书称其为"宗衮"。

岱色苍茫众山小；

天容惨淡大星沉。

　　此联是赵翼挽刘统勋之作。赵翼（1727—1814），字云崧，号
瓯北，江苏阳湖（今常州）人。清乾隆二十六年（1761）进士，殿试
第一。可是，因陕西从未出过状元，乾隆皇帝便将陕西进士王杰点为
殿试头名，赵翼不得已屈居榜眼。刘统勋（1698—1773），字延清，
号尔纯，山东诸城人。雍正二年（1724）进士，历任翰林院庶吉士、
上书房师傅、内阁学士、刑部左侍郎、左都御史、署漕运总督、刑部
尚书、军机大臣、吏部尚书、协办大学士、东阁大学士、上书房总师
傅、国史馆总裁、《四库全书》正总裁。刘统勋曾典乾隆二十六年会
试，赵翼是其门生。

羊祜惠犹留岘首；

马援功未竟壶头。

　　此联是赵翼挽毕沅之作。毕沅，字秋帆，江苏太仓人。清代状
元，历任陕西、山东巡抚、湖广总督。毕秋帆最出名事迹是一段同性
恋情。在北京读书待考期间，毕秋帆与京城名角李桂官一见钟情。俩
人交往后，李桂官慷慨赠送大笔银两供毕秋帆读书。毕秋帆也不负所
望，会试中状元，飞黄腾达。李桂官遂有"状元夫人"之称，清代小
说《品花宝鉴》说的也是这段故事。赵翼曾作《李郎曲》赞李桂官，
其中有"一个状元犹未遇，被郎青眼识英雄"之句。中国古代称男性
同性恋为"断袖之癖"，毕秋帆可谓其中代表人物。
　　上联指西晋襄阳太守羊祜惠政卓著，百姓爱戴他，为其在岘山筑
碑纪念。下联指东汉伏波将军马援南征五溪蛮，感染时疫，病殁壶头
山的故事。

汾阳王名位相同，功业常新，万里有将军壁垒；

忠武侯经纶未尽，英灵如在，百蛮拜丞相祠堂。

此联是纪昀挽福康安之作。福康安（1754—1796），字瑶林，富察氏，满洲镶黄旗人。乾隆皇帝孝贤皇后的侄子，按汉族的称谓，福康安应该称乾隆皇帝为"姑父"，但民间流传其为乾隆皇帝的私生子。福康安戎马一生，历任云贵总督、四川总督、闽浙总督、两广总督、武英殿大学士，封贝子。死后赠郡王身份。福康安本姓傅，是大学士傅恒之子，其名为乾隆皇帝所赐，故其兄弟也随其姓"福"。

上联"汾阳王"指唐代平定安史之乱的名将郭子仪。下联"忠武侯"指辅佐刘备三分天下的蜀国丞相诸葛亮。

包罗海岳之才，久矣韩文能立制；

绘画乾坤之手，惜哉尧典未终篇。

此联是纪昀挽彭元瑞之作。彭元瑞（1731—1803），字掌仍，号芸楣，江西南昌人。乾隆二十二年（1757）进士，历任翰林院庶吉士、工部尚书、协办大学士。谥文勤。曾任纪昀的副手，负责《四库全书》的编纂工作，是清代学者，楹联名家。据传，彭元瑞曾巧对乾隆皇帝：

有一天，乾隆皇帝宴群臣，席间出上联"冰冷酒，一点水，两点水，三点水"。众人思索之际，彭元瑞对曰："丁香花，百字头，千字头，万字头。"满座叹服。

生来富贵人家，却怪怪奇奇，只落得终身贫贱；

赖有聪明根器，愿生生世世，莫造此各种因缘。

此联是纪昀挽长子纪汝佶之作。纪汝佶非常聪明好学，21岁中举人，成父母骄傲。但天有不测风云，纪昀被发配新疆后，纪汝佶感到绝望，遂放弃学业，每天与人吟诗作对，饮酒作乐。纪昀的学生朱子颖怕纪汝佶沉沦，带其去泰安散心。在那里，纪汝佶偶然读到《聊斋志异》手抄本，被内中故事吸引，于是专心创作鬼怪小说，放弃科举。无奈始终郁郁不得志，纪汝佶终于落魄而终，年仅25岁。据说，家人为纪汝佶烧纸马时，不慎碰掉了一条马腿。纪汝佶突然坐起，喊道："我的马怎么瘸了一条腿？"说完，倒下，没再醒来。纪昀对长子之死非常惋惜，将怨气通通撒到《聊斋志异》的身上，在自己著的《阅微草堂笔记》中，对该书多次批评。

　　月白风清其有意；
　　斗量车载已无名。

此联是许宗彦自挽之作。许宗彦（1768—1818），字积卿，号周生，浙江德清人。嘉庆己未科（1799）进士，授兵部车驾司主事。仅任两月，即告病辞职，寓居故里，以藏书、读书、著书为乐。代表作有《鉴止水斋记》20卷。许宗彦夫人梁德绳是一位女诗人，俩人曾合作撰写清代弹词《再生缘》20卷。（原著16卷是女诗人陈瑞生，许宗彦夫妇是续写）

　　大度领江淮，宠辱胥忘，美谥终凭公论定；
　　前型重山斗，步趋靡及，遗章自愧替人期。

此联是林则徐挽陶澍之作。陶澍任两江总督时，正值水灾，便上奏请调林则徐来江苏办理赈务。林则徐任江苏巡抚后，与陶澍志同道合，关系融洽。陶澍病重时，上奏推荐林则徐继任两江总督。陶澍死后，新任两江总督林则徐作此联挽之。陶澍陵园现在湖南安化县小淹镇陶澍村，始建于1839年。1996年被定为湖南省级重点文物保护单位。2003年重修，先后修复牌坊、神道、陶澍及五夫人墓、享堂、围墙等建筑。

举世称画师，无人识为血性男子；
上界足官府，知君仍作供奉神仙。

此联是曾国藩挽戴熙之作。戴熙（1801—1860），字醇士，号榆庵，浙江钱塘（今杭州）人。道光十一年（1831）进士，官至兵部侍郎。清代画家，代表作有《云岚烟翠图》（现藏青岛市博物馆）、《忆松图》（现藏于北京故宫博物院）等。戴熙退休回归故里，路过江宁，曾国藩慕其画艺，盛情款待。

勋业略同马伏波，骨归万里；
精诚差笔岳忠武，寿少二龄。

此联是曾国藩挽刘松山之作。刘松山，清朝名将，戎马十余年，备受曾国藩器重。在平定甘肃回民石家庄战役中，刘松山中炮坠马，伤重不治而死，年仅38岁。死后，清廷加封其为骑都尉兼一等云骑尉，入祀京师昭忠祠，谥忠壮。

上联"马伏波"指东汉伏波将军马援。下联"岳忠武"指抗金名将岳飞。刘松山死时38岁，比岳飞还年轻1岁。

归去来兮，夜月楼台花萼影；
行不得也，楚天风雨鹧鸪声。

此联是曾国藩挽曾国华之作。曾国华（1822—1858），曾国藩三弟。道光二十六年（1846）乡试不第，参办团练。1858年4月，入李续宾部襄办军务，12月，阵亡于安徽泸州三河。

> 大地干戈十二年，举室效愚忠，自称国家报恩子；
> 诸兄离散三千里，音画寄涕泪，同哭天涯急难人。

此联是曾国藩挽曾国葆之作。曾国葆（1829—1862），字季洪，湖南长沙人，曾国藩五弟。1859年，曾国葆因四兄曾国华战死，非常悲愤，遂加入湘军作战，战功卓著。1862年因操劳过度，病逝于南京雨花台湘军大营中。

> 世须才才亦须世；
> 公负我我不负公。

此联是郭嵩焘挽左宗棠之作。郭嵩焘（1818—1891），字伯琛，号筠仙，湖南湘阴人，湘军创建者之一。曾入曾国藩幕府，历任广东巡抚、驻英公使、驻法公使等职。郭嵩焘与左宗棠是同乡，而且是亲家。但在粤剿匪时，俩人矛盾爆发，左宗棠将郭嵩焘弹劾下台。下联"公负我"即指此事。

> 师事近三十年，薪尽火传，筑室忝为门生长；
> 威名振九万里，内安外攘，旷代难逢天下才。

此联是李鸿章挽曾国藩之作。曾国藩和李鸿章有师生之谊，李鸿章此联是以门生身份所写的。上联"师事近三十年"指的是俩人交往的历史。李鸿章早年凭借父亲与曾国藩是同年进士的关系，师从曾国藩学习八股文。1845年，李鸿章参加会试，曾国藩为主考官。武英殿

安徽合肥李鸿章故居福寿堂，中堂挂"松鹤图"，
两侧对联为"博览群书精虑众艺；卒心载德济义输忠"

大学士是百僚之长，曾国藩58岁任武英殿大学士，李鸿章49岁任是职，可谓青出于蓝，而且李鸿章还是汉族官员中唯一获准在京城建祠的人，可谓更胜于蓝。

师门相业，常在九州，惟公西使归槎，独恢张海外功名，从此通侯尊博望；

京国朋交，又弱一个，自我南行持节，正萦绕日边魂梦，忍听哀些赋长沙。

此联是李鸿章挽曾纪泽之作。曾纪泽（1839—1890），字劼刚，曾国藩次子。曾纪泽工诗文、善书法、擅绘画。受洋务运动影响，曾纪泽努力研究西方科学文化。1878年，获派出使英、法大臣，考察西欧国家工商社会情况。1886年，曾纪泽返国，帮办海军事务，协助李鸿章创立北洋水师，入总理衙门任兵部侍郎。1890年曾纪泽卒于任上，年51岁。

二、民国政要之挽联

前年杀吴禄贞，去年杀张振武，今年杀宋教仁；
你说是应桂馨，他说是赵秉钧，我说是袁世凯。

此联是黄兴挽宋教仁之作。1913年，国民党在中华民国国会大选中获胜，宋教仁在上海得知消息，准备北上组阁。3月20日，宋教仁和黄兴等人出现在上海火车站，一名刺客从后面射击，将宋击倒，刺客随即逃逸。黄兴等人随后将宋教仁送往医院急救。21日下午，宋教仁因伤重不治而终，年仅30岁。黄兴作为刺宋事件目击者，非常气愤。他想起1911年革命党人吴禄贞被袁世凯派人暗杀；1912年革命党人张振武被袁世凯杀于北京，再看到江苏巡查总长应桂馨和国务总理赵秉钧涉案，不由得大声喊出真正的凶手——袁世凯。

何人忍贼来君叔；
举世谁为鲁仲连。

此联是张謇挽宋教仁之作。张謇（1853—1926），字季直，号啬庵，江苏常熟人，清末状元，中国近代实业家、政治家、教育家。上联"来君叔"指东汉名将来歙（字君叔），其人以信义著称于世，言行一致，从无掩饰。来歙攻下河池，准备入蜀。蜀人大惊，派刺客杀来歙，刀中胸部。来歙不敢拔刀，忍着剧痛，部署军事，安排领军之将。一切安排妥当之后，抽刀而死。汉光武帝刘秀得信后大惊流泪，赠来歙中郎将，谥号节侯，并亲自缟素舆车为其送葬。下联"鲁仲连"是春秋战国时期齐国人，以辩才著称，常以其口说服敌对两国息兵罢战，这里以鲁仲连比喻宋教仁以法律治国的主张。

作民权保障，谁为后死者；

为宪法流血，此真第一人。

此联是孙中山挽宋教仁之作。宋教仁逝世时，孙中山正在日本长崎。得知噩耗后，孙中山匆匆结束在日行程，于3月23日启程回国，27日抵达上海。当晚，孙中山在寓所开会，提出以武力解决问题的号召，但遭到黄兴等"法律"派的反对。宋教仁之死，正值各派政治势力为中华民国第一部宪法争执不休之际，故孙中山有"为宪法流血"之句。

微君之躬，今为洪宪之世矣；

思子之故，怕闻鼙鼓之声来。

此联是康有为挽蔡锷之作。上联"洪宪"指蔡锷为反对袁世凯帝制自为潜出北京，经日本回云南举起反袁大旗。下联"鼙鼓"指古代军队中用的小鼓，"春风润万物，鼙鼓催征程"，鼙鼓也代指军队或战争。

十日殒两贤，天下事可知矣；

千钧系一发，后死者其念诸。

此联是梁启超挽黄兴、蔡锷之作。1916年10月31日黄兴在上海去世，八天后，蔡锷因喉病医治无效，在日本福冈大学医院逝世，所以蔡锷老师梁启超有"十日殒两贤"之语。

研几之深，进德之猛，我愧不如，奈天靳晚成，积学为才名所掩；

群萌未悟，大难未舒，君何能瞑，倘海填冤愤，精魂挟愿力偕来。

　　此联是梁启超挽黄远生之作。黄远生（1885—1915），字远庸，江西九江人，是中国第一位真正现代意义上的记者，有《远生遗著》传世。1915年黄远生赴美躲避袁世凯逼迫，不想于12月25日被国民党美洲总部负责人林森派警卫刘北海枪杀，终年30岁。

中年遽折雄姿，呕血不挠翁叔节；

大勇无如悔过，本心犹见秣陵书。

　　此联是张謇挽黄兴之作。张謇在辛亥革命胜利之初，曾为南京临时政府筹款百余万元，帮助孙中山、黄兴渡过难关。上联"翁叔"指东汉太傅马日磾（音dì），翁叔是他的字。马日磾持符节到寿春授袁术左将军、阳翟侯的封号。袁术不屑东汉政府的赏赐，强逼马日磾任其军师，并抢去他的符节。马日磾羞辱难当，忧愤呕血而死。下联"秣陵"古指南京，因黄兴曾任中华民国南京留守使，故有此说。

惟公马首是瞻，勉作义师桴鼓应；

奈此豺牙尚厉，不堪国论沸羹多。

　　此联是陆荣廷挽蔡锷之作。陆荣廷（1859—1928），字干卿，广西武鸣人，桂系军阀。袁世凯帝制自为之后，陆荣廷秘密组织反袁护国。他假意附和龙济光、张勋等人，联名电请出兵征滇军。袁世凯命其为贵州宣抚使，出兵攻黔。陆荣廷军到达广西柳州时，突然率众将领通电要袁世凯在24小时内辞职，并动手控制桂军局势。之后，陆荣廷与梁启超发表《陆荣廷梁启超护国倒袁电》，获得广西陈炳焜部的支持，自任两广护国军都司令。一周后，袁世凯宣布取消帝制。

> 修戈矛与子同仇，共逐虞渊将日返；
>
> 好山河织儿撞坏，方回地轴痛星沉。

此联是唐继尧挽蔡锷之作。唐继尧（1883—1927），字蓂赓，云南曲靖人。蔡锷赴京后，唐继尧继任云南都督兼民政长。1915年底，与蔡锷、李烈钧打响了讨袁护国第一枪。

> 常恨随陆无武，绛灌无文，从九等论交到古人，此才不易；
>
> 试问夷惠谁贤，殇彭谁寿，只十载同盟有今日，后死何堪。

此联是孙中山挽黄兴之作。上联"随"指随何，西汉人，能言善辩，是汉高祖刘邦军中主管传达禀告之人；"陆"指陆贾，也是刘邦手下辩才，常出使诸侯；"绛"指绛侯，刘邦手下武将；"灌"指灌婴，也是刘邦手下武将。下联"夷惠"指伯夷、柳下惠这样的贤士；"殇彭"指死亡与长寿。

> 平生慷慨班都护；
>
> 万里闲关马伏波。

此联是孙中山挽蔡锷之作。上联"班都护"指东汉班超。班超出使西域十数年，平定了莎车、龟兹等地叛乱，使西域五十余国重新置于东汉管辖之下。公元91年，班超出任西域都护，管辖西域各国，故有"班都护"之称。下联"马伏波"指东汉伏波将军马援。

尽狗盗鸡鸣，举目竟无真国士；

空龙盘虎踞，伤心谁吊故将军。

此联是袁克文挽李纯之作。李纯（1874—1920），字秀山，天津人，直系军阀。李纯曾任江苏督军（冯国璋亲自安排），与王占元（鄂督）、陈光远（赣督），并称"长江三督"。1920年10月12日，李纯突然死于江苏督军公署。关于他的死因有三种说法：一是撞破其妾与马弁奸情，被马弁所杀；二是自杀说；三是被帝制犯顾鳌联合李纯手下将其杀死。

为国捐肝胆，为家呕心血，生误于医，一夜悲风腾四海；

论交兼师友，论亲逾骨肉，死不能别，九天遗恨付千秋。

此联是袁克文挽周道如之作。周道如即周砥，冯国璋的第二任夫人，袁世凯女儿们的家庭教师。其与冯国璋的婚姻，是袁世凯和袁克定从中撮合而成。袁家以嫁女的方式，陪送了大量的嫁妆，将周砥嫁到南京。冯国璋继任大总统后，俩人1917年8月1日来到北京中南海居住。仅仅过去40天，即9月10日，周砥因病医治无效去世。周砥与袁家人亲如一家，故袁克文有"论亲逾骨肉"之句。

好算得四十余年天下英雄，徒起野心，

筹安两字美名，一意进行，居然想学袁公路；

仅做了八旬三日屋里皇帝，伤哉短命，

快活一时谚语，两相比较，毕竟差胜郭彦威。

此联是黄兴戏挽袁世凯之作。1916年6月6日，袁世凯因罹患尿毒症，不治而死。黄兴高兴之余，戏作此联。上联"袁公路"指在扬州称帝做了两年皇帝的袁术。下联"郭彦威"即篡后汉政权，夺得皇位的后周高祖郭威。

> 孙郎使天下三分，当魏德萌芽，江表岂曾忘袭许？
> 南国本吾家旧物，怨灵修浩荡，武关无故入盟秦！

此联是章太炎挽孙中山之作。1925年3月10日，孙中山在北京病逝。章太炎与孙中山本有嫌隙，得知消息后，即作此联。上联"天下三分"指当时北洋政府、张作霖的奉系势力、两广的革命势力。下联"武关"句，指楚怀王不听屈原忠告，与秦昭襄王在武关结盟，后被秦扣押，屈死于咸阳。将中山之死比作楚怀王之死，认为其北京之行是错误的。

三、革命前辈之挽联

> 广州暴动不死，平江暴动不死，而今竟牺牲，堪恨大鹏从天落；
> 革命战争有功，游击战争有功，毕生何英勇，好教后人继君来。

此联是毛泽东、朱德共挽黄公略之作。黄公略（1898—1931），1927年加入中国共产党，历任中国工农红军第五军副军长，第六军、第三军军长。中国工农红军第一军团成立后，黄公略的第三军归毛泽东、朱德直接领导。

"广州暴动"是指1927年12月中共在共产国际领导下在广州举行的最后一次大规模武装起义，并宣布成立中华苏维埃政府。黄公略在广州暴动中加入中国共产党。

"平江暴动"亦称"彭黄兵变"。1928年6月，湖南独立第五师赴平江"剿共"，彭德怀任第一团团长，黄公略任第五师第三团第三营营长。俩人在平江相约起义，成立了中国工农红军第五军，彭德怀任军长。起义后，黄公略在党的指示下，与敌人在平江展开了游击战争，建立了湘鄂赣革命根据地，扩大了革命队伍。毛泽东、朱德的挽联是对黄公略革命一生的高度评价。此联与黄兴戏挽袁世凯的那副对联在句式上有些相似，但风格却不同。

> 为烈士复仇，彻底消灭反动派；
> 争人民幸福，努力建设新中国。

此联是邓小平挽杨虎城之作。杨虎城（1893—1949），原名忠祥，号虎臣，陕西蒲城人，著名爱国将领。1936年12月，与张学良发动西安事变逼蒋介石抗日。事变和平解决后，杨虎城被蒋安排出国"考察"。七七事变后，杨虎城为抗日，由法国经香港回国，不幸被捕，因于南昌等地长达12年。1949年，蒋介石兵败大陆，下令将杨虎城杀害于重庆戴公祠。同时被害的还有杨虎城的次子、幼女、副官、警卫员、秘书夫妇等人，其中最著名的要数其秘书的儿子宋振中，即小萝卜头。1950年1月15日，四川隆重举行杨虎城追悼大会，邓小平、刘伯承等党和国家领导人参加了追悼仪式。

> 尽忠于民族国家，努力求团结进步，磊落奇才，一世如君有几？
> 坚持在敌后抗战，英勇致杀身成仁，敢为将略，数年知己情深！

此联是左权挽武士敏之作。左权（1905—1942），原名左纪权，号叔仁，湖南醴陵人，中国工农红军和八路军高级指挥官，著名军事家。武士敏（1892—1941），字勉之，河北怀安人，国民革命军第九十八军军长。武士敏反对蒋介石的政治主张，支持张学良、杨虎城的西安事变，始终与八路军保持友谊与合作。

　　1941年9月29日，武士敏在与日寇交战中头部中弹，壮烈牺牲，殒命于沁水县东裕。为纪念英雄，延安决定将沁水县改名为士敏县。八路军副总参谋长左权作此挽联追悼。不想还未到一年，1942年5月25日，左权牺牲于太行山，成为八路军在抗日战争中殉国的最高指挥员。

　　　　豺虎尚纵横，大局岂堪重破坏；
　　　　巴渝多雾瘴，忠魂何忍早游离。

　　此联是叶剑英挽张冲之作。张冲（1904—1941），字淮南，浙江乐清人。1935年任国民党四大中央执委，奉命与中共代表进行秘密谈判，曾到陕北瓦窑堡会晤毛泽东、周恩来，促成第二次国共合作。抗日战争期间，曾任国民党代表，与周恩来、叶剑英等交往五年。1941年3月，任国民党中央组织部代理副部长，8月11日病逝。

　　　　教子成民族英雄，举世同钦贤母范；
　　　　毕生为劳动妇女，故乡永保好家风。

　　此联是刘少奇等挽朱德母亲之作。朱德母亲钟夫人，也称钟太夫人，出生于四川仪陇县一个流浪艺人家庭。从小就知道操持家务，为父母分担，制作女红、生火做饭，无所不能。嫁入朱家后，育有六男两女，位列共和国十大元帅之首的朱德是其三子。1944年农历二月十五日，84岁高龄的钟夫人在家中无疾而终。消息传来，延安各界为钟夫人举行追悼会，刘少奇、周恩来、陈云联名写成此联哀悼朱母。

　　　　具无畏精神，功烈永垂民族史；
　　　　增几多悲愤，追思应续国殇篇。

此联是刘伯承挽西藏格达活佛之作。五世格达活佛，原名根嘎益登，法名洛桑丹增·扎巴塔耶，生于1903年。2岁时被选为四世格达活佛的转世灵童，7岁定为甘孜县白利寺第五世格达活佛。1936年，红军长征途经甘孜的时候，格达活佛积极支援，自己也转变成为一个革命者。解放后，格达活佛被任命为西藏人民政府副主席。1950年7月10日，格达活佛去西藏劝和途中，被英国间谍福特毒害，8月22日圆寂，年仅47岁。如今，甘孜县还有格达活佛的纪念馆供后人参观纪念，牢记历史。

　　　　一战一和，当年变生瞬间，能大白于天下；
　　　　再接再厉，后起大有人在，可无忧乎九泉。

　　此联是朱德挽宋哲元之作。宋哲元（1885—1940），字明轩，山东乐陵人。宋哲元是冯玉祥手下的师长，北伐战争开始后，历任国民革命军总司令兼暂编第一师师长、国民革命军第二集团军第四方面军总指挥、陕西省政府主席。中原大战后，宋哲元部被张学良整编，任陆军第三军军长。1931年6月，宋哲元部整编为国民革命军陆军第二十九军。九一八事变后，宋哲元发布"抗日通电"，积极备战。1933年3月，宋部与日军在喜峰口交战，取得胜利，声震全国。1935年，蒋介石授宋哲元为陆军二级上将、平津卫戍司令、冀察绥靖主任、河北省政府主席。1938年春，宋任一战区副司令。1940年回四川绵阳疗养肝病，不幸病逝，终年45岁。国民党政府追授宋为一级上将。宋去世后，朱德作此联以纪念其抗日爱国的英雄行为。

　　（上联）广东是现代思潮汇注之区，自明季迄于今兹，
　汉种子遗，外邦通市，乃至太平崛起，类皆孕育萌兴于斯。先生挺生其间，

砥柱于革命中流，启后承先，涤新淘旧，扬民族大义，决将再造乾坤。四十余年，

殚心瘁力，誓以青天白日，红血红旗，唤起自由独立之精神，要为人间留正气；

（下联）中华为世界列强竞争所在，由泰西以至日本，

政治掠取，经济侵凌，甚至共管阴谋，争思奴隶牛马而来。吾党适丁此会，

丧失我建国山斗，云凄海咽，地黯天愁，问继起何人，毅然重整旗鼓。亿兆有众，

惟工与农，须本三民五权，群策群力，遵依牺牲奋斗诸遗训，厥成大业慰英灵。

此联是李大钊挽孙中山之作。孙中山先生逝世后，李大钊以共产党员的身份参加了治丧处的工作，并撰写了这副212字的长联。

四、固定格式之挽联

挽父亲联

陟岵兴嗟人不见；
蓼莪载咏事堪悲。

陟岵，指过世父亲。蓼莪，《诗经·小雅》篇名，指对亡亲的悼念。

依膝想添三万日；

灵椿忽谢八千阴。

灵椿，比喻父亲。八千阴，灵椿指古代神木，以八千岁为春，八千岁为秋。

寿考日终，想是生平修到；

劬劳未报，忧从何日能忘。

劬劳，出自《诗经·小雅·蓼莪》："哀哀父母，生我劬劳。"意指劳苦。

亲厌尘纷，寿终正寝归蓬岛；

儿悲手泽，眼流双泪滴麻衣。

蓬岛，指蓬莱山。

情切一堂，红泪相看都是血；

哀生诸子，斑斓忽变尽成麻。

风木有余悲，美矣大椿胡遽殒；

肝肠无限泪，哀哉两字不堪闻。

大椿，木名，一万六千岁为一年。后比喻父亲。

唤声不醒严君，几十年光今遽已；

怀忱欲问庄叟，八千椿树竟何如。

严君，出自《易·家人》："家人有严君焉，父母之谓也。"后专指父亲。

挽母亲联

> 终天惟有思亲泪；
> 寸草痛无益母灵。

> 泣杖有年，犹冀萱堂绵岁月；
> 承欢无日，剧怜秋露冷杯棬。

萱堂，意为母亲的居室，比喻母亲。杯棬，一种木制的饮水杯。

> 亲厌尘纷，寿终内寝归瑶岛；
> 儿悲手泽，眼流血泪染柳花。

瑶岛，传说中的仙岛。

> 陟岵痛前年，方祝萱颜长白发；
> 捐帏当此日，忽悲菽水隔黄泉。

菽水，指晚辈供养长辈。

> 享寿近八旬，鸟养犹亏，树背冀能延晚节；
> 违和才几日，黄泉永诀，草心恨莫报春晖。

挽岳父联

身至九原魂不返；
情连半子谊难忘。

九原，比喻墓地。

楸木同瞻，幸分椿荫；
泰山安仰，怅切兰阶。

楸木：指女儿女婿。《诗经》有"南有楸木，葛藟累之"之句，意思是"南方有弯弯的树枝，上面满是攀爬的葡萄"，比喻夫唱妇随。兰阶，比喻有出息的后人。

公不少留，风水伤心分半子；
吾将安仰，音容回首隔重泉。

半子，指女婿。重泉，指九泉，死者所去的地方。

雀射云屏，正喜朱陈方缔好；
鹤归蓬岛，陟随安羡去游仙。

射屏，指觅得佳婿。朱陈，指两姓联姻。

问病属前朝，只道泰山高可仰；
讣音闻此日，忽教半子泪常零。

挽岳母联

> 婺隐中天，伤心徒洒千行泪；
> 爱隆东坛，报德须凭一瓣香。

婺，指古星宿，即"女宿"，比喻岳母。中天，指上天，极乐世界。东坛，即东方的祭坛。一瓣香，指为逝者烧的一炷香。

> 世事靡常，转眼俄惊泰水冷；
> 泪流无极，伤心长叹寿萱摧。

泰水，指岳母。

> 才愧裴宽，爱重慈帷呼射雀；
> 悦捐苗母，波寒泰水泣乘龙。

> 惠泽润东床，拜母升堂，蒙宠烛怀王逸少；
> 悲风旋北陆，寝苫枕块，节哀翻慰郭林宗。

东床，指女婿。北陆，指北方或冬天。

挽太太联

> 宝瑟无声弦柱绝；
> 瑶台有月镜奁空。

亲老儿离，鸟哺心情期更切；
天寒夜永，牛衣劝勉有谁怜？

牛衣，给牛御寒的覆盖物。汉代王章患重病，无被，卧于牛衣中。临死时与妻子诀别，抽泣不已。成语"牛衣对泣"，形容夫妻共守穷困。

白首缘空，执手忽惊炊臼梦；
红颜命丧，伤心不作鼓盆歌。

炊臼，比喻丧妻。鼓盆，亦指丧妻。

已矣我难忘，把酒话生前，讵料夫妻分枕席；
伤哉卿不返，鼓盆歌死后，那堪儿女泣黄天。

天意杳难知，偏教众口称贤，举案挽车同有美；
人生大不幸，最是中年丧偶，鼓盆炊臼又何堪？

挽丈夫联

欲殉难抛黄口子；
偷生勉事白头翁。

黄口，指幼儿。

无禄才郎，长夜不醒蝴蝶梦；
伤心愚妇，深宵悲听子规啼。

亲老家贫，负担忍付称孤子；
行修名立，诔词悲作未亡人。

夫若怀归，楼上冀迎萧史凤；
妻真薄命，冢前愿作舍人翁。

萧史，指情郎。舍人，宋元以来俗称贵显子弟，犹称公子。

乘鸾不着斑衣，堂前白发悲颜子；
梦蚁丢开宝瑟，帘内青春哭杞梁。

堂前，指母亲。颜子，指孔子弟子颜回。颜回29岁去世，死时满头白发。杞梁，指孟姜女丈夫，孟姜女亦称"杞梁妻"。

君去矣，万事独任艰难，能无追念前徽，深为吾痛；
儿勖哉，尔父既归泉壤，尚其各自努力，克振家声。

挽朋友联

海阔天空，忽悲西去；
鸟啼月落，犹望南归。

碑树羊公，楼倾燕子；
君真鲍叔，我愧巨卿。

碑树羊公，指树羊公碑，喻死者德高望重。

处士风高，遗泽尚贻佳子弟；
曲江春暖，归魂长伴好湖山。

惜此伤心人，寒竹荒梅寻故宅；
频闻救时论，断金攻玉怆生平。

定省晨昏，藏书选书，本属人生最快；
好施乐善，入险出艰，孰谓天道无凭。

挽同学联

同学数年，慕义怀仁，不可尚已；
遗孤三尺，伤心惨目，有如是耶。

何事到人间，慧业夙根，倏生倏殒；
最怜是朋辈，学修品谊，可敬可风。

交好数十年，善劝过规，尘世难逢此知己；
文章千万卷，学优才足，风流抱痛我端人。

端人，正直的人。

慧业几生修，梅瘦冰清，如此有才胡不寿；
同人双泪下，枫青月落，纵教入梦也吞声。

第九章 老字号联

一、酒店餐馆美味联

乘兑入离，酉辛家，癸丁不论；

饮乾出艮，卯丑物，午未俱全。

此联题于广东佛山三品楼酒家，横批是"易牙妙手"。在广州，提起"柱侯鸡"几乎无人不知，无人不晓，这道名菜的创始人就是三品楼酒家的大厨梁柱侯。柱侯鸡的做法简单地说，就是先将鸡蒸好后，将炒熟的豆豉酱汁淋在上面即成。除柱侯鸡外，梁柱侯还研发出了可以烹调各种肉类的柱侯酱，使三品楼的美名传遍广东。

横批中的"易牙"是中国春秋时期著名的厨师，也是齐桓公的御厨。他不仅厨艺高超，而且对味道有超强的分辨能力，连孔子都以"易牙淄渑"赞其能区分出淄水和渑水的差别。不过易牙也是个无情的人。齐桓公说没有吃过婴儿肉，易牙就煮熟了自己的儿子给他吃。管仲因其无情，反对易牙接自己的班辅佐齐桓公。齐桓公听了管仲的话，将易牙等人驱逐出宫，令其永不得入。三年后，齐桓公想念易牙做的菜，吃什么都不香，就将易牙等人请回。第二年，齐桓公病重，易牙等人趁机作乱，另立太子。易牙等人堵塞宫门，使宫廷内外不通，粮食无法进入，竟将齐桓公活活饿死。历史上易牙有"杀子以适君"的恶名，讽刺的是，他也是第一个将皇帝饿死的御厨。

> 大地皆春鸟喧哗盛；
> 华临胜境雅可尝心。

此联题于湖北襄樊大华酒店。横批"山珍海味"。大华酒店成立于1938年，创始人是襄樊名厨曹大伦，故酒店原名为"伦记大华酒店"。该酒店上至猴头、鱼翅、海参等高档食材，下至青鱼、草鱼等百姓所爱，均有销售。大华酒店独家制作的夹沙肉、锅贴鱼、脆花肉、面筋肉茸、两色对子鸡、滑三丝、天鹅抱蛋、桂花红薯饼、糖醋白菜等九道名菜，是饕餮客不可错过的美味。

此联为藏字联，上下联的首字组成酒店的名字。下联"华"是敬辞，指贵客光临。"雅"是人们常说的乌鸦，《说文解字》说："大而纯黑反哺者乌，小而不纯黑不反哺者雅。雅即乌之转声。字亦作鸦。"《小尔雅》说："小而腹下白，不反哺者谓之雅乌。"清代段玉裁《说文解字注》解释"雅"乃"楚乌也"。楚是湖北简称，下联用"雅"指明大华酒店位于湖北。

> 京苏大菜；
> 淮扬细点。

此联题于江苏南京义记复兴菜馆（江苏酒家）。义记复兴菜馆创办于1946年，初时店内可摆放11张餐桌，地点位于南京夫子庙。上联"京苏大菜"指的是南京本帮菜，属于苏菜菜系中的一种。下联"淮扬细点"是指流行于江苏扬州、镇江、淮安及附近地区的点心等面食。1973年，义记复兴改名为"江苏酒家"。2011年，江苏酒家在南京长江大桥南岸重建，总建筑面积2600平方米，可同时容纳宴席51桌，并被南京市政府命名为"中国·南京民国大菜实验基地"。

会神珍色味；
调鼎燮阴阳。

此联是溥仪题赠河南平泉五魁园饭店。五魁园饭店，俗称八沟五魁园，由退休御厨刘德才创建于清道光二十五年（1845），以经营"改刀肉"和清宫御膳糖饼而远近闻名。1987年1月，末代皇帝溥仪的弟弟溥杰来到平泉品尝佳肴，高兴之余，欣然挥毫，写下此联。下联"调鼎"指烹调食物。6月，溥杰赠给五魁园国画一幅，并题词："慧燮理阴阳味；妙腕和海陆珍。"

要汤以割；
见尧于羹。

此联由饶石顽题于长沙玉楼东酒家。玉楼东酒家，原名玉楼春菜馆，由清内阁中书饶石顽创办于1904年，以经营湘菜为主。

上联典故出自《孟子·万章上》："人言伊尹以割烹要汤，有诸？"意思是说："有人说，伊尹以擅长厨艺接近成汤，真有这回事吗？"伊尹是中国厨师的祖师爷，有"烹饪始祖"之称。巧的是，玉楼春的另一名股东恰好姓汤，名翕庄。

下联典故出自《后汉书·李固传》："昔尧殂之后，舜仰慕三年，坐则见尧于墙，食则睹尧于羹。"意思是："尧死后，舜朝夕怀念，三年之中，坐着的时候能看到尧的形象出现在墙上；吃饭的时候能看到尧的形象出现在汤羹中。"还有一个传说是尧治洪水，积劳成疾，卧病在床，滴水不进，生命垂危。彭祖闻听，熬制鸡汤，献于尧帝。汤未至，尧闻味已起。喝汤后，尧容光焕发，从此百病不生。尧感谢彭祖，就将彭城封与他。彭祖是道教的创始人，也是中国食疗养生学的鼻祖。妙的是玉楼春老板的姓氏"饶"的繁体字，恰好是"食"和"尧"的组合。

股东汤翕庄觉得此联政治倾向严重，另题"宰天下当如是肉；治大国若烹小鲜"以代之。1920年，玉楼春改名玉楼东。抗日战争时期，玉楼东毁于文夕大火。1985年，玉楼东重修营业。如今玉楼东拥有六家直属门店及多家连锁店，他们的广告语是：千年食文化，百年玉楼东。

> 爆字半边火，名满京华，全靠火候；
> 肚字半边肉，化脏为鲜，全凭一焯。

此联题于北京西德顺，横批"王氏一绝"。西德顺，全称是西德顺爆肚王，创始人是王金良。该店创办于百年之前，在老东安市场专营爆肚，因用料新鲜讲究，火候恰到好处，肚丝整齐不碎，味道溢香纯正而名满京城。西德顺不远就是吉祥戏院，当年，梅兰芳、马连良、侯宝林等著名艺术家都是爆肚王的常客。此联为某食客在西德顺留言簿上的赠联。

> 那氏古今白肉馆；
> 那存中外美酒坛。

此联是谈国桓题赠沈阳那家馆。横批"饮食寿康"。那家馆，成立于1874年，原名吉兴园，创始人那吉有。开业之初，那吉有便以熘肝尖、熘肥肠、熘白肚、熘腰花等四绝菜赢得了食客们的口碑。后来，他将东北人喜欢的白肉血肠加入自家菜谱，成为吉兴园的招牌菜。民初，吉兴园改名"那家馆"，奉天省长王永江亲题匾额。大帅府秘书长谈国桓亲书此联为贺。

熏香浓郁独特风味；
历史悠久驰名各地。

此联题于沈阳李连贵熏肉大饼店。该店创办于1910年，创始人河北滦县人李广忠，乳名李连贵。李连贵熏肉大饼店主营秘制熏肉、酥油大饼，配以甜酱、葱丝，食客们有"大饼卷熏肉，吃起来没够"之誉。

莫放春秋佳日过；
最难风雨故人来。

上联题于北京来今雨轩。来今雨轩，创建于1915年，位于北京中

北京来今雨轩饭店

山公园内，是很多名人、饕客流连忘返之地。该店主营川贵菜肴，有干烧活鱼、赵先生鸡丁、马先生汤等名菜。店名"来今雨轩"乃民初北洋政府内务总长朱启钤所拟，早期匾额为民国大总统徐世昌所题，后为著名书法家赵朴初亲题。

此联一说为清代诗人孙星衍所作，被认为是其自题联。另一说认为是清代广东梅县人宋湘之作。今天的梅关半山亭内的汉白玉石板上，依然刻着宋湘的长联。长联上联和下联的最后一句被择出，组成了来今雨轩的对联。请看：

上联是：今日之东，明日之西，青山叠叠，绿水悠悠。走不尽楚峡秦关，填不满深潭欲壑。力兮项羽，智兮曹操，乌江赤壁空烦恼。忙甚么？请君静坐片刻，把寸心想后思前，得安闲处且安闲，莫教春秋佳日过；

下联是：这条路来，那条路去，风尘仆仆，驿道迢迢。带不去白玉黄金，留不住朱颜皓齿。富若石崇，贵若杨素，绿珠红拂终成梦。悭怎的？劝汝解下数文，沽一壶猜三度四，遇畅饮时须畅饮，最难风雨故人来。

民国时期，来今雨轩曾改作茶社，故有"七度卢仝碗，三篇陆羽经"之联。上联"卢仝"是中国茶仙，著有《七碗茶歌》。下联"陆羽"指中国茶圣，著有《茶经》。

如今，来今雨轩以"红楼宴"享名海内外，其中茄鲞、牛乳蒸羊羔、雪底芹菜、三鲜鹿筋等是其代表作。美味的红楼宴不仅接待过数不清的国内游客，而且还服务过数以万计的外国贵宾，成为中国的一张旅游名片。

西子湖边味中味；
北京市上楼外楼。

此联是溥杰题赠北京知味观饭庄。上联"西子湖边"指知味观本是杭州老字号酒楼，1984年，京杭两地合作在北京经营知味观饭庄，以经营杭州特色菜肴为主。下联"楼外楼"是西湖边一座百年历史的知名餐馆，以西湖醋鱼、宋嫂鱼羹、叫花鸡、龙井虾仁等名菜驰名海内外。溥杰先生将知味观比作楼外楼，显然是对其杭州菜做法的肯定和赞美。

> 小店名气大；
> 老酒醉人多。

此联是李准题与浙江绍兴咸亨酒店。多数中国人都是读了鲁迅的《孔乙己》，才知道咸亨酒店的大名。其实，该店创办于1894年，老板周仲翔是鲁迅的堂叔。因经营不善，开业几年后便倒闭了。如今的咸亨酒店于1981年重修，位于绍兴鲁迅故居西首，可供五百人同时就餐。咸亨酒店的名气吸引了大量的游客，也招来了很多文化界名人。著名作家李准光临该店后，就提笔留下前联。以"内容平仄法"分析，此联为仄起式五言联，但上联偶数字为声韵为"仄仄"，下联偶数字位为"仄平"，显然不符仄起式五言联声韵之法。著名表演艺术家于是之先生也有"上大人，孔乙己，高朋满座；化三千，七十士，玉壶生春"之联留赠。

> 淑景晴董红树暖；
> 蕙风轻泛碧叶低。

此联题于北京萃华楼饭庄。翠华楼创办于1940年，是一家主营山东风味菜肴的老店。拿手菜有红扒鱼翅、蝴蝶海参、酱爆鸡丁等，食客除寻常百姓外，还有徐悲鸿、张大千等名人。周恩来总理曾在此宴请过缅甸前总理吴努。

此联为著名书法家刘炳森先生题赠北京翠华楼饭庄之作。

书文变化日臻古；

烟月空虚时有情。

此联题于广州银龙酒家。银龙，创办于1937年。开门伊始，因日本侵华，不得不关门大吉。此后，经过多年坎坷经营，到1956年，生意走上正轨。该店代表作有脆皮乳猪、煎酿百花鸡、桶子油鸡等，深受食客称赞。

此联题于酒店大堂，为清代伊秉绶之作。伊秉绶（1754—1815），字祖似，号墨卿，福建汀州人，人称"伊汀州"。伊秉绶为官清廉公正，任扬州知府时，深受百姓爱戴，死后入扬州四贤祠，与欧阳修、苏轼、王士祯齐名。

乐无事日有喜；

饮且食寿而康。

此联题于北京康乐餐馆。该餐馆创办于1949年，由林、罗等四对夫妇共同出资。初时店面小，只有三张桌子，故称"三桌饭店"。经理罗先生本是清末度支部田赋司郎中林景贤之子，喜爱美食，店中八大名菜来自多地，有云南过桥面、汽锅鸡；四川宫保鸡丁、鱼香肉丝；福建炸瓜枣、红糟肉方；江浙桃花泛、翡翠羹。

此联为林经理亲题。下联出自韩愈《送李愿归盘谷序》之"饮且食兮寿而康，无不足兮奚所望"。其实，此联最早出现在山西榆次常家庄园的养和堂，为清代大学士刘墉书写。

清香横溢，引来东西南北客；

雅俗共赏，喜送天涯海角人。

此联题于陕西西安清雅斋饭庄。该饭庄成立于1934年，主要经营清真食品，最初仅一间店面。10年后，扩大为三间门面，生意非常兴隆。公私合营后，清雅斋收归国有。1969年，在原址新建三层楼房，成为当时西安市最大的清真饭店，烤羊腿、鞭打黄牛、芝麻里脊、抓炒活鲤、香酥鸡等10道菜是该店的拿手绝活。

聚多冠盖；

春满壶觞。

此联题于福建福州聚春园酒楼。该酒楼创办于1865年。原名三友斋，以经营闽菜为主。1905年，福建官厨郑春发买下三友斋，并将店名改为"聚春园"。聚春园继续经营闽菜，尤其是他精心烹制的佛跳墙，更是受到达官贵人的喜爱。其实，郑春发的佛跳墙还与福建布政使周莲有关。有一天，周莲到同僚家里做客，主人特制一罐佛跳墙款待客人。周莲吃罢，大呼美味。回到府衙后，便命官厨郑春发研制此菜。郑春发登门求教，终于拿到此菜秘方，并制作成功。郑春发的"聚春园"开业时，周莲非常高兴，亲书前联为贺。

二、茶园浴池休闲联

陶潜善饮易牙善烹恰相善作座中宾主；

陶侃惜分大禹惜寸最可惜是杯里光阴。

此联题于广州陶陶居茶楼。陶陶居，原名葡萄居，始创于1880年。1891年，康有为在广州西关"万木草堂"讲学，闲时常来陶陶居，老板黄静波便请南海先生为其题匾额。康有为点头答应，挥毫泼墨写下"陶陶居"三个大字。康有为的匾额挂上后，陶陶居的生意一天好过一天。黄老板认为对联是文人墨客所爱，于是广征对联为陶陶居大作宣传，就有了前面那副对联的问世。

上联"陶潜"是中国东晋文学家、田园派诗人陶渊明。陶渊明爱酒之名传到唐代，诗人王绩曾作"阮籍醒时少，陶潜醉日多。百年何足度，乘兴且长歌"表达自己对陶潜的仰慕之情。

下联"陶侃"是陶渊明的曾祖父。与陶渊明相反，陶侃滴酒不沾、一心工作，常以大禹珍惜光阴的事鞭策自己和下属，故有"陶侃惜分阴"之典故。

　　茶苑重开，抚景歌一泓春水；
　　奎星高照，临风咏十代名都。

此联题于江苏南京魁光阁茶馆。在南京夫子庙东南，有一座建于清乾隆年间的魁光阁。清末，在魁光阁旁兴建了一个清真茶馆，取名"魁光阁茶馆"。抗日战争期间，魁光阁毁于日军炮火，茶馆也同时付之一炬。1985年，魁光阁和茶馆重建。新建茶馆的左右门柱上镌刻着前联。

　　协和雅化，自古为昭，看弦歌三终，不改当年旧谱；
　　盛世元音，于今未坠，聆承平一片，非同往日新声。

此联题于天津协盛茶园。协盛茶园坐落在今天津侯家后北口路西。园内楼上楼下的正面为散座，楼上两侧是包厢。1900年更名为龙海茶园。

非福人不能来福地；

有龙脉才会有龙泉。

此联为陈寿祺题于福州鼓楼福龙泉澡堂。福龙泉澡堂，始建于清康熙三十四年（1695），位于福州后井（今名金汤井）。此地原是军队校场，废弃后，改建为澡堂。最兴旺的时候，福龙泉有九口汤池，三百余座位，是福州市第一家营业性的温泉澡堂。可惜，1962年的一场大火将福龙泉烧毁。重建后，更名为新榕澡堂。

福州鼓楼福龙泉澡堂

此联简单易懂，内含"福龙泉"三字。作者陈寿祺是福建福州人，号左海，嘉庆四年（1799）进士，曾任会试同考官，鳌峰书院主讲。陈是清代文学家，著有《左海全集》等。

身离曲水精神爽；
步上瑶池气象新。

此联题于扬州三义阁永宁泉浴池。永宁泉始建于清末，民国时期扩建，占地面积700平方米，建筑面积300多平方米。永宁泉浴池均用白矾石打磨建造，分头池、二池和暖池，此外还有过渡用的凉池。永宁泉澡资便宜，适合平民消费，既是扬州当地名人富商的休闲之所，也是车夫工人的洁身之地。

上联"曲水"出自中国传统习俗"流觞曲水"。古时，每年农历三月上巳日为上巳节。这天，人们要到东流水的河边洗濯身体，祛除凶疾。这里的"曲水"指洗澡。下联"瑶池"即天池，传说是王母娘娘的浴池。

大千秋色在眉头，看遍翠暖珠香，重游瞻部；
十万春华如梦里，记得丁歌甲舞，曾醉昆仑。

此联是吴梅村题于北京庆乐戏园。庆乐创建于清康熙末年（1722），是北京最古老的戏院之一。京城京剧名角杨小楼、余玉琴、王凤卿等人都曾在此献艺。现为北京杂技团排演场。

此联作者有两种说法，一说是吴梅村；一说是龚鼎孳。吴梅村（1609—1671），原名吴伟业，字峻公，号梅村，江苏太仓人，清代文学家。龚鼎孳（1615—1673），字孝升，号芝麓，安徽合肥人，清代文学家，与吴梅村、钱谦益并称为"江左三大家"。不过，此联无论是谁的作品，都为庆乐戏园增色不少。

摇曳生姿绿斗管；

使转得情在颖毫。

此联题于北京戴月轩笔墨店。戴月轩位于北京琉璃厂，创办于1916年。该店店名即是老板戴月轩的本名，戴月轩是浙江湖州人，他经营的也是名满华夏的"湖笔"。湖笔诞生于浙江湖州善琏镇，以选料考究、工艺精细见长，又称"湖颖"。湖笔与徽墨、宣纸、端砚并称为文房四宝。

北京戴月轩笔墨店

此联为学朴斋主人庄净所题。庄净1918年生于北京，早年毕业于辅仁大学国学文系，书法家，最擅长何体楷书，但其书法作品鲜见于世。

三、票号汇通金融联

日丽中天，万宝精华同耀彩；

升临福地，八方辐辏独居奇。

此联为陈沆题山西平遥古城日升昌记。日升昌票号成立于1823年，总部设在山西平遥，分号开遍全国各地。1922年，票号升级为钱庄，成为山西历史最长的票号，也被称为"中国第一票号"。如今，日升昌原址已经开发成为中国票号博物馆，供游人参观。

此联作者陈沆是清嘉庆二十四年（1819）状元，官至四川道监察御史。日升昌后院前檐挂有"丽日凝辉"匾额，左右名柱上镌刻

山西平遥日升昌票号

的即为前联。此联为藏头联，上下联首字组成"日升"二字。此外，陈沆还亲书"日升昌记"匾额，此匾用繁体字书写，内有四个"日"字，寓意日升昌蒸蒸日上，如日东升，如日中天。

日升昌内厅门上悬"紫垣枢极"匾额，两旁门柱有楹联"轻重权衡千金日利，中西汇兑一纸风行"。

障百川而东之，九府流泉资利赖；

是通国所宝也，三官平准试经纶。

此联题于山西百川通票号。百川通创立于1860年，总部在平遥，湘、闽、粤等地均有分号。百川通经营顺利，不久，成为清政府海军衙门、军工企业、铁路建设等金融汇兑的主要票号之一。

上联"九府"出自《汉书·食货志》颜师古注："《周官》太府、玉府、内府、外府、泉府、天府、职内、职金、职币，皆掌财币之官，故云九府。"九府，后泛指国库。

下联"三官"指汉代管理铸钱的均输、钟官、辨铜官三官。

此联内含"百川通国"四字，寓意百川通号可以将生意做到全国。1902年，百川通每股分红三万两白银，成为业内佳话。辛亥革命，时局动荡，政权更迭，百川通蒙受巨大损失。勉强维持几年后，百川通于1918年宣布歇业。

朱提公子千金诺；

白水真人四海游。

此联为盛宣怀题浙江杭州鑫泰恒钱庄。上联"朱提"，指云南昭通县朱提山，山产银矿，"朱提"是"银"的代称。下联"白水"是"泉"的析字，泉即钱。

四、药店悬壶济世联

一桥飞架南北福至；
四邻开拓东西友徕。

此联题于云南建水县广和堂药店，横额：君勿愁恙、药可康复。广和堂位于云南省建水县，成立于1938年，主要经营地产药材。新中国成立后，广和堂接受公私合营，改名为"合营国药商店"。1987年，重新启用"广和堂"招牌，药店得到新发展。

半读诗书半学艺；
半积阴功半养身。

此联题于山西长治义合祥药店。1890年，山西长治上党地区发生瘟疫，很多乡亲因缺医少药而死于非命。何朝阳和呼西门看在眼里，决定共同投资开间药店，以治病救人为宗旨。此联即义合祥的店规。上联"读书""学艺"两手抓；下联"阴功""养身"两不误，可见店主经商的心态是多么平和。

万象更新培新草；
和风徐暖植三槐。

此联题于江西九江王万和药店。王万和成立于1878年，店主为王芝田。开业之初，王万和仅是一家小药店。由于医术高明、配药神奇，很快赢得了百姓口碑。店门两侧有楹联："万象更新培新草，和风徐暖植三槐"。下联"植三槐"出自苏轼《三槐堂铭并叙》：王佑尝手植三槐于庭曰：'吾子孙必有为三公者'。意思是：王佑种植三棵槐树，希望子孙中就会有人位至三公。植三槐引申为积阴德。

> 方有千金传思邈；
> 言无二价学韩康。

　　此联题于湖南长沙北协盛药店。北协盛成立于1875年，经理周菊香。药店楼高四层，装修气派。1905年，更名为和记北协盛药店，管理走向正轨。主要经营各种中药材、饮片、膏药、药酒等。全盛时期，每股（银500两）可分红220块银元。抗战期间，长沙发生文夕大火，北协盛受损严重。1944年，长沙沦陷，被迫停业。解放后，北协盛经过公私合营继续稳定发展。1992年，老店拆除重建。1994年，新店正式营业，经营面积达500平方米，经营品种达1000多种，老字号的青春再次焕发。

　　上联"千金""思邈"指的是唐代药王孙思邈的药学著作《千金药方》；下联"韩康"说的是东汉著名"一口价"医生韩康。韩康出身贵族，偏爱中药，在长安城以卖药为生。他卖药的特点就是童叟无欺、言无二价、货真价实。其实，韩康卖的不是药，他卖的是信誉。后来，很多药店都有"韩康遗风""市隐韩康"的匾额，自夸信誉。

　　民初，北协盛的客厅里还有一副湖南都督谭延闿的对联：大开窗户纳宇宙，醉与花鸟为友朋。谭延闿（1880—1930），字祖庵，湖南茶陵人，辛亥革命后任湖南督军。一生三次出任湖南督军兼省长。1928年任南京国民政府主席，10月转任行政院院长。国民党一级上将陈诚的夫人就是谭延闿女儿谭祥。谭延闿还是书法大家，南京中山陵"中国国民党葬总理孙先生于此"碑，即其手书。

生者大乾坤并寿；

生则明日月常昭。

　　此联题于山东烟台生生堂。生生堂成立于1863年，是烟台第一
家药房。经营方式为前店后厂，在当地颇有口碑。民谚云：买布到瑞
蚨祥，吃药到生生堂。生生堂秘制灵药莱阳梨膏润肺益气、止咳化痰
等，畅销齐鲁大地。民国初期，生生堂得到快速发展，成为烟台规模
最大的药房。抗日战争时期，生生堂遭遇火灾，损失惨重。"文革"
期间，生生堂再遭厄运，很多医书、史料等珍贵物品被毁，招牌被更
换。改革开放后，生生堂得到新的发展机会，成为烟台妇孺皆知的求
医问药之所。

山东烟台生生堂药店

此联镌刻于生生堂正门两侧石墙上，中间为金字黑色"生生堂"招牌。

拨云抽丝眼光若电；
云开雾散医道神通。

此联为夏豹伯题于云南通海老拨云堂眼药店。拨云堂成立于1728年，是一家专业眼科药房兼医院。创始人沈育柏是云南通海本地人，虽学富五车，但志在悬壶济世。拨云堂有一剂眼科圣药——拨云锭，其配方采用麝香、龙胆等名贵药材，可以治疗多达72种眼疾。该药不仅行销全国，还远销东南亚各国，成为通海县的特产之一。

发兑关东鹿茸；
拣选吉林人参。

此联题于江苏扬州同松参号中药店。同松参号成立于1836年，是一家以经营参、燕、丸、散为主的药店，人称"扬州的同仁堂"。该店最负盛名的是其研制的蜡壳丸，品种有大宝丹、苏合香丸、牛黄清心丸、小儿回春丸、安宫牛黄丸等。

此联题于同松参号二道门框上，是一副铜制对联。二堂抱柱上还有一联：淡泊养志宁静养神和平养福，图书润屋文章润质道德润身。此联为清末江都县知县谢元洪所作。

功深九转丹成鼎；
病却千人药在囊。

此联是钱陈群题于浙江嘉兴杨九牧药酒店。杨九牧，原名同善堂，成立于清雍正年间，以经营药酒闻名四方。创始人杨九牧本是江苏南汇（今上海南汇）人，以行医为业，长于针灸，其秘制的"杨九牧风湿药酒"是该店最负盛名的产品。

有一年，嘉兴人、顺天学政钱陈群突发足疾，回乡休养。家人引其来到杨九牧，擦拭药酒后，病症立即减轻。钱陈群大喜，挥笔写下前联相谢。钱陈群80岁时，乾隆皇帝加封其为太子太傅，故人称"钱太傅"。

灵兰秘授；
琼藻新裁。

此联题于北京怀仁堂药店。怀仁堂成立于1934年，创始人是同仁堂祖业恢复人之孙乐东屏。当时北京药店林立，怀仁堂能够脱颖而出全靠其独门秘制的牛黄药。据说，一位老医师在外孙奄奄一息时，束手无策，只好将外孙抱到怀仁堂问诊。乐东屏用秘制的牛黄镇惊、牛黄抱龙、至圣宝元丹各三丸给孩子服下，结果孩子痊愈，怀仁堂也从此名满京城。

此联本是同仁堂的楹联，乐东屏仿制一副挂在自己的店内，以显示自己与同仁堂的渊源。上联"灵兰"是指黄帝的藏书室——灵台和兰室；下联"琼藻"指珍贵的药材。

怀瑜握瑾当将造福人群为己任；
德厚流光岂以回春妙手而自居。

此联题于福建厦门怀德居药行。怀德居成立于1552年，是厦门最古老的药店。店主郭斐然本以江湖打拳卖药为生，落脚厦门后，与药贩陈裕记合股开设怀德居，主营中药丹、丸、散、膏等。怀德居最有口碑的药有两种，一是专治小儿惊风症的"大珠碧惊风散"；二是治疗感冒风寒、醒酒晕车的"药制橄榄豉"。

上联"怀瑜握瑾"出自《楚辞·九章·怀沙》："怀瑾握瑜兮，穷不知所示。"意思是：本人身上有美玉般的美德，却无人欣赏。下联"德厚流光"出自《穀梁传·僖公十五年》："天子七庙，诸侯五，大夫三，士二，故德厚者流光，德薄者流卑。"

> 恒德永怀芳流桔井；
> 春光久驻花灿之庭。

此联为盛竹峰题于安徽芜湖张恒春国药店。张恒春成立于1850年，俗称张恒春老号。该店名药有柏子养心丸、归脾丸、知柏地黄丸等。由于疗效颇佳，人们将张恒春号与北京同仁堂、汉口叶开泰、杭州胡庆余堂并称为"全国三家半药店"。其中"半家"是张恒春因己规模小而自谦的说法。

上联"桔井"典故出自《列仙传》：相传汉文帝时，有个学道之人名叫苏眈，早年丧父，与母亲相依为命。一日，苏眈决定入山求道。母亲问："你走后，我该如何生活？"苏眈说："我这里有大小两只盘子。您饿了就将小盘扣起来，就会有饭吃。没钱花就将大盘扣起来。"他还嘱咐母亲，明年将有大瘟疫流行，自己家的井水和井旁桔树叶都是治疗灵药，用井水泡桔叶可以立愈。第二年，当地果然瘟疫大流行，苏母用此方法救活了无数的人，从此，桔井就成了治病良药的代名词。

> 火兼文武调元手；
> 药辨君臣济世心。

此联题于广州陈李济药厂。"北有同仁堂，南有陈李济"，陈李济创办于明朝万历年间，以生产经营中药膏、丹、丸、散为业。创办人陈体全和李升佐是两位诚信商人，合资开店，和衷济世。陈李济有秘制"追风苏合丸"，是治疗重感冒的灵药。同治皇帝病重时，就是服用此药治愈的，因此陈李济还有个御赐的封号"杏和堂"。

上联"调元手"与"文武"相配，本指处理国家大事的文武要员。用"火兼"开头，"文武"转化为火势，"调元手"掌握阴阳。上联一语双关，非常巧妙。

下联"药辨君臣"也是一语双关。君臣本是政治术语，一味药能救人，但它岂能辨别吃药之人是君还是臣？有意思的是，虽然药本身不能辨君臣，但中药本身有君臣之分。《神农本草经》说："药有君、臣、佐、使，以相宣欇。"就是说一味药，君药针对主病；臣药辅助君药治疗次要病症。至于佐药则是辅助君药臣药起疗效作用；使药起引经调和之功效。

　　　　向阳门第春常在；
　　　　积善人家庆有余。

此联为胡雪岩自题于浙江杭州胡庆余堂。胡庆余堂于1878年正式营业，创办人是中国晚清鼎鼎大名的红顶商人、著名徽商胡雪岩。招牌名取自苏轼与佛印对联"向阳门第春常在，积善人家庆有余"。胡庆余堂独家研制的胡氏避瘟丹、诸葛行军散，广施民间，名扬四海，更获得"南国药王"之誉，与北京同仁堂、武汉叶开泰、广州陈李济并称为全国四大中药店。如今，胡庆余堂已经发展成为"杭州胡庆余堂药业有限公司"，其位于吴山脚下的老厂建筑群已经开发成为国内首家中药博物馆，是国务院命名的全国重点文物保护单位。

浙江胡庆余堂，中堂为胡雪岩像，两侧对联为"益寿引年长生集庆；兼吸并蓄待用有余"

修和无人见；

存心有天知。

此联题于河北张家口市南山堂药房。南山堂成立于1918年，创办人是吴锡明。吴锡明本在北京开有南山堂药店，发现张家口有商业机会，就在此间开立分号。经营方式为前店后厂，自制药有吴氏养肺丸、牛黄安宫丸等，因物美价廉，药效明显，成为百姓首选。与北京南山堂一样，张家口分号亦悬挂此联。

上联"修和"指配药。中药配制一般有多种草药或原料，多一味，少一味，自己不说，无人知晓。下联"存心"指配药人的良心和动机。良心好坏，动机正邪，人在做，天在看。

庆有延年益寿；

仁心普济万方。

　　此联题于北京庆仁堂药店。庆仁堂成立于1917年，原名庆仁堂参茸店，即东庆仁堂。1921年，又在珠市口开办南庆仁堂。此后相继开办虎坊桥西庆仁堂、东四北庆仁堂和前门庆颐堂等7家店，组成庆仁堂"集团"。世事变迁，经过多年，仅余南庆仁堂一座药店。该店经营方式为前店后厂，店中名药为牛黄清心丸、第一灵丹、疏风定痛丸等。公私合营时，北京仅选两味牛黄清心丸处方，一是同仁堂的，另一个就是南庆仁堂的。

　　此联为清末举人江竹青所拟，是藏头联。"庆仁"之意，庆仁堂的解释为"庆获妙药活人之效，素具仁慈济世之心"。"普救民生，志在活人"是庆仁堂的经营宗旨和灵魂。